2
没落予定の貴族だけど、
暇だったから魔法を極めてみた
I am a noble about to be ruined, but reached the
summit of magic because I had a lot of free time.
三木なずな
illustration. かぼちゃ
TOブックス

人物紹介
-character profile-
リアム
ハミルトン伯爵家の五男。その正体は転移してきたとある異世界の男。魔法に興味を持ち、習得に明け暮れている。

アスナ

明るくて活発な冒険者。リアムに従属し、より美少女へと変貌した。

ジョディ

おっとりとしたハンターの女性。リアムに従属したことで若返った。リアムとパーティーを組む。

スカーレット

ジャミール王国の第一王女。リアムの力を見込んで男爵位を授けたほか、とあるお願いをする。

I am a noble about to be ruined, but reached the summit of magic because I had a lot of free time.

illustration. かぼちゃ

design. アフターグロウ

TOブックス

.47

「マジックミサイル・一七連！」

突き出した拳から、一七本のマジックミサイルがそれぞれ弧を描いて飛んでいく。

草原の上に四本足で君臨している、巨大なワニ顔のカメ――クロコタートルめがけて飛んでいった。

マジックミサイルが次々と当たる。

ほとんどがめちゃくちゃ硬い甲羅《こうら》と、そこそこ硬い鱗《うろこ》に覆《おお》われた皮膚に弾かれるが、数に任せて撃ったら、それを当てた勢いでクロコタートルの体がちょっとだけ浮いた。

前足だけが浮き上がって、腹が見える。

「アメリア・エミリア・クラウディア――貫け！　ホーリーランス！」

詠唱と共に解放した中級神聖魔法。右手に光の槍が現われ、それを目一杯の力でクロコタートルに投げつけた。

まっすぐ飛んでいった光の槍はクロコタートルの腹を貫き、体の中から爆発を起こした。

巨大なワニ顔のカメは甲羅を残して、ばらばらに砕け散った。

「ふぅ……」

手の甲で額に浮いてきた汗を拭った。

どうにか倒す事が出来た、か。

「……」

なんとなしに振り向くと、ついて来たスカーレット王女が口をあんぐりと開けて、綺麗な顔を呆《ほう》けさせてしまっている。

「殿下？」

「……はっ、し、失礼を。主のあまりにも強大な魔力に見とれてしまいました」

「ああ、そうなのか」

なんでそんなに呆けてるのかって思ったが、そういうことか。

「以前見た時よりも遙かにお強く感じるのですが……」

「魔法の『使い方』が何となく分かってきたんだ」

無作為に使うのではなく、効果的、効率的な使い方。

魔法が増えていく度に、それを繰り返し練習する度に、頭の中に魔法同士の組み合わせが浮かんでくる。

それが楽しかった。

憧れの魔法を更に効果的に使えるようになることが楽しくてたまらなかった。

「さすが主。これなら『約束の地』の掃除はすぐに終わりそうですね」

「うん、その後殿下に――」

「主よ」

スカーレットは強い眼差しで俺を見つめた。

あまりにも強い眼差しで、思わずぎょっとしてしまう。

「な、なに？」

「どうか、名前でお呼び下さい。殿下などと……私は主に付き従うものです」

「あ、ああ。そうだな」

いいいいい
スカーレットにそう言われて、ちょっとだけ困ってしまう。

第一王女であるスカーレットは普通に雲の上の存在。

貴族の五男としてもそうなんだろうけど、俺の中身は何故かその五男を乗っ取った平民だ。

殿下じゃなくて部下、と言われてもちょっとなじめない。

「そ、それよりも」

俺は話を逸らした。

「本当にいいのか？　俺の下についていて、ここに国を作るって」

「もちろんでございます」

「なんで？　そんな事をしなくても、第一王女っていうすごい立場なんだろ？」

「私の母の家系は、竜の血が入っていると言われております」

「そうなのか!?」

ちょっと驚いた。

「それ故に王国ではずっと尊い家系として、定期的に『竜の血』と称して、女を王妃として王に嫁がせておりました」

「なるほど、それで延々と貴族であり続けた、ってことか」

　スカーレットは静かにうなずく。

　父上がやろうとしていたことだ。

　なるほど、前例ががっつりとあった訳か。

「竜の血を引き継ぐものとして、神竜様に楯突《たて》く訳には――いいえ」

　一度目をつむって首をふって、何かを頭から追い出すような仕草をしてから、まっすぐに俺を――

ラードーンを見つめる。

「神竜様に仕えたいのです」

「そうか……ラードーン、今の話、本当なのか？」

『戯れにやったことだ。人間は変わらぬな、いつまでも些細なことを神聖視する』

「だって」

　ラードーンの言葉を伝えると、スカーレットはパアァ――と大輪の花が咲いたような笑顔を見せた。

　自分の心のより所が遠回しにでも肯定されたのがよほど嬉しいようだ。

『北へ一キロほどいけ』

「北へ？」

『その娘が喜ぶものがある』

「ということだけど……どうする？」

「参りましょう！」

スカーレットは即答した。

「神竜様のご命令ならば」

ものすごく意気込むスカーレット。

俺も、ラードーンがいう『スカーレッーが喜ぶもの』が何なのか気になった。

スカーレットとともに、真北に向かって、一キロほど進む。

「これは……地下への階段？」

「何かの遺跡のようです」

「入るか？」

「もちろんです」

またしても迷いなく頷くスカーレット。

俺達は古びた、ところどころコケがはえていて、風化して欠けたりしている石造りの階段を降りていった。

大体三階分くらいの高さを降りた後、広い空間に出た。

壁がひとりでに発光している、明るい空間。

アナザーワールドとちがって、ちゃんと『光っているから』明るい空間だ。

その空間の真ん中に――竜がいた。

「これは……ラードーン？」

「神竜様なのですか？」

ラードーンとは直接会っていないスカーレットが驚く。

「いや、鉄で出来ている。これは……」

『我を模したガーディアンだ。まずは倒してみよ』

ラードーンがいうと、ガーディアン・ラードーンが起き上がった。

「倒し方は？」

『頭に我の名前を表した古代文字が記されている。その一文字を消すと『服従』という意味の言葉に変化する』

「三文字目です、三文字目を消して下さい！」

ラードーンの言葉を伝えると、スカーレットは即答した。

その答えに満足しているのか、ラードーンは何も言わなかったが、満足そうな感情が伝わってきた。

「三文字目だな……分かった」

俺は前に進み出た。

鉄のガーディアン・ラードーンは完全に起き上がって、四本足で立って、天を仰いで咆哮した。

ビリビリと地下空間が振動する。

咆哮が終わって、こっちを睨んでくる。

よく見ると、確かに額に文字が刻まれていた。

まったく読めないが、文字の区切りくらいは分かる。

ガーディアン・ラードーンは噛《か》みついてきた。

俺はスカーレットを抱き寄せて、横っ飛びして噛みつきを躱《かわ》す。

「主――」

俺を呼ぶスカーレットを置いて、即座にテレポートを発動。

ガーディアン・ラードーンが噛みついたところは、直前まで俺達がいたところ。

一度立った場所に瞬間移動して、頭に取りついた。

「ホーリーランス！」

そのまま無詠唱で、三文字目に触れながらホーリーランスを発動。

現われた光の槍が、音もなく額の三文字目を貫いた。

猛《たけ》るガーディアン・ラードーンの動きが止った。

そして、体から光を発した。

俺は頭から飛び降りて、様子を見守った。

ガーディアン・ラードーンはしばらく苦しそうに震えていたが、それが収まると、今度はまわりをきょろきょろ見始めた。

その視線は、やがてスカーレットに止る。

ガーディアン・ラードーンは体勢を変えて、スカーレットに向き直って――ひれ伏した。

「こ、これは⁉」

「なるほど、スカーレットの中にある血に服従した訳だ」

「え？」

「竜の血だよ」

「……あっ」

ラードーンの姿を模した鉄のガーディアン、そして服従。

自分が大事に思っていた『竜の血』を認められた形になって。

スカーレットは、再び大輪の花が咲いたように微笑んだのだった。

.48

「じゃあ、先にエルフ達のところに戻るから」

「はい。修復が終わりましたらすぐに追いかけます」

ガーディアン・ラードーンの横に立つスカーレットが真剣な顔でそんな事を言う。

「急がなくていい、ラードーンの文字が完全に自己修復されるまでは、支配力が定着しないんだから」

「神竜様がそうおっしゃったのですね」

俺は深く頷いた。

ガーディアン・ラードーンの額の文字を削って、『ラードーン』から『服従』に言葉の意味を変

えてスカーレットの命令を聞くようにしたはいいが、文字が自己修復して再びラードーンに戻るまでは安定しないとラードーンに言われた。

鉄の巨竜はじっとしていれば自己修復するから、しばらくこの場にとどまっていればいいとも言われた。

「無理をする必要はない、気長にそばにいてあげるといいさ」

「分かりました……ありがとうございます」

「じゃあな」

俺はスカーレットに別れを告げて、地下空洞を出て、階段を上って地上に出た。

そろそろ、日が暮れようとしていた。

今日の『掃除』はここまでで良いだろうと、俺はエルフ達の下にテレポートで戻った。

「――っ⁉」

瞬間、驚く。

村は何者かに襲われていた。

朝でかける時は大枠を作っていかにも建設予定地って感じで、村の形になってきていたそれは、ところどころ壊されて、一部炎上している。

「きゃあああ!!」

「⁉」

考えるよりも早く、悲鳴の方に向かって駆け出した。

駆けつけた先で、一人のエルフがモンスターに襲われていた。

二足歩行のオオカミ――ウェアウルフだ。

ウェアウルフはエルフの細い腕をつかんで、そのまま持ち上げている。

「彼女を放せ！」

「なに――ぶへっ！」

こっちに振り向いてきたウェアウルフの横っ面にマジックミサイルを叩き込んだ。

クリーンヒットするマジックミサイルに、ウェアウルフは吹っ飛ぶ。

つかまれていたエルフの体は投げ出され、そのまま地面に叩きつけられそうだったが――キャッチする。

すんでのところで、お姫様抱っこの形で抱き留める。

「大丈夫か？」

「リアム様⁉」

エルフは俺に抱きついてきて、首に腕を回してきた。

柔らかくて、いいにおいで、ちょっとどきっとした。

「ど、どうしたんだこれは？」

「あっ！　そうなんです、いきなり狼男達に襲われたんです」

「理由は？」

「分かりません」

「……そうか、みんなを助ける。君はこの中に隠れていろ」

そう言って、アナザーワールドを呼び出す。

一度入った事のあるエルフは、何の疑問も持たずに中に入った。

そしてアナザーワールドを消す。これでエルフの安全は確保した。

俺は再び走り出して、村（予定地）の中を駆けずり回った。

別のウェアウルフを見つけた。うろうろして、獲物を探している風だった。

こっちに気づく前に、先手を打ってマジックミサイルを撃ち込む。

完全に無防備なところに攻撃を喰らったウェアウルフは吹っ飛んで失神する。

駆けずり回って、ウェアウルフを倒して、エルフを助けてアナザーワールドに保護。

そうやって一〇人くらいのウェアウルフを倒した直後。

「くっ！」

目の前にいきなり黒い影が現われた。

とっさに腕をクロスさせてガードする。

腕にものすごい衝撃と、焼けつく熱さを感じた。

それで吹っ飛ばされた俺は、空中で体勢を立て直して、ぐるっと半回転してどうにか着地する。

腕を見ると、鋭利な爪に引き裂かれて出血していた。

「ヒール」

下級の治癒魔法をかけて、傷を癒やす。

そして襲ってきた相手を見る。

同じウェアウルフだったが、今までのやつらに比べて纏《まと》っている空気が違う。

「お前がリーダーか？」

会話が成り立つかどうかは分からないが、とりあえず聞いてみる。

すると。

「穢れた異邦人め、聖地からすぐに出て行け」

「聖地？」

「出て行かぬと言うのなら――」

ビュビュッ！　と音がして、ウェアウルフのすぐそばにあった、まだ骨組み状態の家が引き裂かれて崩壊した。

そしてそれをやった手を――爪を見せつけるように突き出してくる。

「五体、ばらばらに引き裂いてくれる」

「待て、話を聞いてくれ」

こいつは聖地と言った。

それはつまり、ラードーンの息がかかった関係者とか、それに近い存在の可能性が非常に高い。

ならば話を――と思ったんだが。

「立ち去らぬか、ならば力尽くで！」

ウェアウルフは地を蹴って突進してきた。

俺はとっさにマジックミサイル・一七連を放った。

一七連発のマジックミサイルが飛んでいく。

ガガガガガガ――。

ウェアウルフはそれを全て弾いた。

「はあああ!!」

小さく跳躍して、爪を振りかぶって飛んでくる。

テレポートを使う。

「なに!?」

消えた俺に、飛びかかってきたウェアウルフが驚愕《きょうがく》する。

更にテレポートを使って、ウェアウルフの背後に出現。

密着し、ゼロ距離から。

「ライトニング!」

下級電撃魔法・ライトニングを放つ。

電流がウェアウルフの体を突き抜けていく。

ビクッ!　と硬直して、そのあと痙攣《けいれん》する。

無防備な状態で電流を喰らったウェアウルフはその場で崩れ落ち、両膝を地面につけてしまった。

「くっ、こ、これしき……異邦人になど負けはせぬ」

「話を聞けって――これでどうだ」

俺はラードーンジュニアを召喚した。

ラードーンとほぼ同じフォルムでありながら、中型犬サイズの竜の子。

それを見たウェアウルフは目を見開いた。

「そ、それは……」

「やっぱりラードーンの関係者だったか」

☆

村の中心に全員を集めた。

片方はレイナを始めとするエルフ達で、もう片方は襲撃してきたウェアウルフ達だ。

ウェアウルフも数十体いて、結構な大所帯だ。

エルフと、ウェアウルフ。

両方のけが人に治癒魔法をかけて、元気な状態にもどす。

最後に倒したあの強いウェアウルフはやっぱりリーダーだったみたいで、他のウェアウルフを代表するような形で聞いてくる。

「神竜様は本当にお前の中に?」

「もっと他に何か証拠がいる？　言ってみろ、ラードーンに聞いて、それを証明するから」

「……いや」

ウェアウルフは俺が出したままのラードーンジュニアを見て、ゆっくりと首を振った。

「それだけで十分だ」

「そうか。お前達はずっとここに住んでて、外部から侵入者が来たらその都度追い出してる。ラードーンに従ってる一族、ってことでいいのか？」

「そうだ」

「じゃあ彼女達と似ているな。彼女達はラードーンに保護された側だが」

「そうだったのか……」

ウェアウルフはそれを聞いて、レイナ達エルフに向き直って、

「そうとは知らず、悪いことをした」

他のウェアウルフ達も頭をさげた。

「ううん、そういうことならしょうがないよ」

同じラードーンの縁の者だからか、レイナは気にしていないといい、他のエルフ達も同じ表情だ。

「それよりも、あなた達もリアム様と契約したら？」

「契約？」

「私達は契約して、リアム＝ラードーン様に忠誠を誓ってるんだ。あなた達もそうしてもらえばいいじゃない」

「なるほど」

ウェアウルフは頷いて、今度は全員、こっちを向いてきた。

「我らを、そうしてもらえないだろうか」

「分かった」

断る理由はない。

ラードーンに忠誠を誓う者達ならなおさらの事だ。

俺はひとりひとり、ウェアウルフ達にファミリアの魔法で使い魔契約をした。

エルフ達と同じように、ウェアウルフ達も進化した。

ほとんど二足歩行の狼から、より人間に近い、人狼の姿に進化する。

その中でも特に――。

「じゃあお前は……クリスだ」

他のと同じように、名前をつけながらファミリアの魔法をかける。

みるみるうちに変化していくクリス。

他よりも遙かに人間っぽく――耳としっぽがある事以外、ほとんど人間と変わらない姿になった、のだが。

「え？　女の子だったのか、お前は」

「そうだけど？」

狼の耳をつけた美少女が、「何を今更」って感じの顔で俺を見つめていた。

.49

人狼に進化したクリス達が加わって、村作りは一気に加速した。

エルフ達は手先は器用だが、根本的なところで非力な種族だ。

契約召喚で呼び出したゴラクの幻影がいても、力仕事が必要なシーンではどうしても効率が落ちる。

一方で、人狼達はパワフルだ。

力持ちだし、身軽さもエルフを遙かに上回る。

村作り——家作りでエルフ達に足りなかったものを一気に補って、村作りは良い感じに進んでいった。

俺は出番がなくなって、村中をぶらぶらしながら、形だけの見回りをしていた。

「あっ、ご主人様！」

見回りの途中で、クリスと出くわした。

人狼達の中でもとりわけ人間寄りの姿をしている、ケモミミの美少女が手元の仕事を放り出して、こっちに駆け寄ってきた。

ダッシュしてからの——飛びつき。

クリスは俺に飛びつき、抱きついてきた。

「ご主人様ー♪」

俺に抱きついたまま、頬をスリスリしてくる。

いやらしさは感じない、動物的な本能が強く出た愛情表現だ。

まるで、図体だけが大きい子犬にじゃれつかれているような、そんな気分になる。

「ちゃんと仕事してたか」

「うん！　今あれを直してた」

「あれ？　ああ、壊しちゃったヤツか」

クリスが直してると言ったのは、彼女達が襲ってきた時に壊した家の基礎だ。

木造の基礎をバッキバキにやって、一部燃やしちゃったもんだから、まずは完全撤去しないと新しく建て直せない。

俺が納得すると同時に、クリスは俺から離れて、シュンとなった。

ケモミミが垂れ下がり、しっぽも分かりやすくしぼんでいる。

「ごめんなさい……頑張って直しますから、許して」

「いいさ、あれはあれでしょうがない。ちゃんと直して、新しい家を建てる手伝いをすればそれでいい」

「うん！　がんばって直す！」

一瞬で元気を取り戻したクリス。

そういう、本気で反省しつつも引きずらない性格を実際に見て、俺は「いい子だ」という感想を持った。

同時に、撤去中のガレキを眺める。

「どうしたのご主人様？」

「ん？　ああいや、あれも魔法で直せればいいな、って何となく思ってさ」

「直す？」

「治癒魔法みたいにさ」

正直、もったいないと思ったりした。

特に撤去されているのは、非力なエルフ達が頑張って作ったものだというのもある。

非力な彼女達が頑張って作ったものの方が、なんとなく価値が高いな、と思ってしまう。まあ実際はそんな事はないんだけど。

そういう魔法を覚えてないからなあ、しょうがない。

『ないのなら、作ればいい』

「作る？　どういう事だラードーン」

聞き返す俺。

俺が体の中にいるラードーンと話していると知って、クリスはしっぽをたてて——目を輝かせる。

『言葉通りの意味だ。魔法を覚えていないのなら、作ればいい』

「魔法って作れるのか？」

『今ある魔法は何故あると思う？』

ラードーンはほんのちょっとだけ、呆れたような口調で逆に聞いてきた。

ああ……なるほど。

今ある魔法も、本を正せば誰かが作り出したもの、っていうことなのか。

でも、そうなると……。

「俺に、作れるのか？」

『我は床屋で武具の注文はせぬ』

ものすごくラードーンらしいまわりくどい言い回しだったが、言いたい事は分かった。

俺にも出来るかもしれない、ということか。

「どうすればいい」

『イメージをするのだ。普通に魔法を使うよりも強く。何をしたいのか、どうしたいのか。過程から結果まで、全てを強く鮮明にイメージするのだ』

ラードーンにしては饒舌《じょうぜつ》で、詳細な説明になった。

俺はそれを心に留めて、咀嚼《そしゃく》し——理解を試みる。

イメージする。

何をしたいのか、どうしたいのか。

過程から結果まで、全てを鮮明に頭の中でイメージする。

そして、魔力を高める。

頭の中で作った設計図通りに、魔力をまるで粘土をイメージするように、形作っていく。

「——っ！」

ハッとひらめいた。

その工程を、一七ラインで同時進行させる。

契約召喚したゴラクを一旦消して、全魔力・集中力をこれに注ぐ。

オリジナルの魔法を、一七のラインで次々と使っていくように試す。

失敗が続いた。

思うとおりに出来なくて、魔力だけが無駄に消費される。

それでも続ける。

一七回試して、全部失敗した後に、イメージと魔力の形と流れを微調整して、また一七回試す。

それを繰り返す。

魔力が消費され続ける。レククロの結晶で回復しながら、一七ラインでの開発を続ける。

やがて――。

「シープメモリー」

頭の中に、そんな言葉が浮かび上がってきた。

これだ！　という確信とともに、魔法が形になって発動した。

魔法の光が撤去途中のガレキを包み込み、ガレキがそれに吸い込まれていき、やがて落ちついた。

「ご主人様？　魔法が出来たのですか？」

ワクワクする顔で聞いてくるクリス。

俺ははっきりと頷いた。

「ああ、そのガレキの――柱を適当に一本折ってみろ」

「はい！――えいっ！」

クリスはガレキのところにいって、軽々と一番太い柱をへし折った。

折られた柱は光り出して、みるみるうちに元の――魔法をかけた時の形に復元された。

「こ、これは!?」

「シープメモリー。命のないものを、その時の形で記憶する魔法だ。形を無理矢理変えられたら元の形に戻る――そういう魔法だ」

「おおぉ――ご主人様が作ったんですよね、いま」

「ああ」

「すごいですご主人様。さすがご主人様！」

クリスは大興奮して、また俺に抱きつき、今度は顔をペロペロしてきた。

『ふふ……まさか一日で開発してしまうとは。つくづく面白い人間だ』

ラードーンも、愉快そうに笑っていた。

.50

アナザーワールドの中にある、家の外の空き地。

家を建てた時よりも広くなった空き地の前で、俺は、アイテムボックスから出した海水と向き合っていた。

シープメモリーという魔法を新たに編み出した俺は、すぐさま次の目標を見つけた。

魔法を色々使うようになった直後に、障害にぶつかったことがあった。

海水から、真水を抽出する事だ。

あの時はウンディーネにやってもらおうと最初は考えたが、下級精霊のウンディーネは、海水と真水——どっちも自然物であるそれを分離することが出来なかった。

あれが魔法を覚えて、実際に使うようになってからぶつかった最初の障害だ。

結局ノームとかを使って、かなり複雑な手段で真水を抽出する事に成功したのだが、その手段が今考えても複雑過ぎる。

もっとシンプルに、最初にウンディーネにやらせようとしたような、一発での抽出・分離が出来るようになりたかった。

シープメモリーという魔法を開発した経験が、そのままこっちも新しい魔法を開発すればいいという考えに至らせた。

そうして今、海水と向き合っている。

分離するイメージをして、魔力を練って、魔法を開発、使うイメージをする。

「……むぅ」

ぷしゅ……という空気が抜けたような音がした後、俺は難しい顔で呻いた。

失敗した。

それどころか、成功するイメージがまるでつかめない。

アイテムボックスから出して桶に溜めた海水が海水のまま、変わる気配がちっともしない。

魔力の流れをはっきり感じられるからこそ分かる。何も変わっていない。

シープメモリーの時はすぐに「成功する」というビジョンが見えて、その確信から一九ラインの同時発動のうち一七をそれに回した。

今は、まったくそのイメージが湧かない。

「なにがよくないんだろうな……出来ない？　いや、そんな事はないはずだ」

その言葉をあえて口に出した。

これも、シープメモリーを開発出来たからこそ分かることだ。

魔法の可能性はかなりすごいものだ。

そりゃ絶対に不可能な事もあるのだろうが、海水を真水と塩に分離する事くらい、魔法なら絶対に出来る。

だから、俺のやり方が何かよくない、間違っているだけのはずだ。

何が間違っているのか、俺はシープメモリーの時の事を思い出す。

あの時の光景を、やったことを、イメージして作っていく過程を。

一つずつ、克明に思い起こす。

『足りぬ』

「え？」

いきなりラードーンが話しかけてきた。

「足りないって、何が？」

『全ての物事には、因果が存在する』

「因果……」

『……』

「……え？　それだけ？」

ラードーンの次の言葉を待っていた俺は、肩透かしを食らって、ずっこけそうになった。

「それだけ」って聞いても、ラードーンは答えない。

それ以上何かを話す気配もまったく無い。

ということは——それが全部だ。

ラードーンは意味のないことはいわない——少なくともこういうタイミングでは絶対にいわない。

言葉が足りなかったり、まわりくどかったりすることは——まあ毎回のことだ。

つまり、「全ての物事には、因果が存在する」という、この一言の中から俺は読み解かなければならない。

因果……原因と、結果。

原因と、結果。

破壊された骨組と、建て直された新しい骨組。

「――っ！」

瞬間、白い稲妻が脳髄を突き抜けていくような衝撃とともに、ある事をひらめいた。

「……セルシウス！」

複数ライン同時練習のあと、普通にマスターして召喚出来るようになった中級精霊、セルシウスを呼び出した。

「お呼びでございますか、主様」

「その桶にある海水を、真水と塩に分離してくれるか？」

「おやすいご用です」

セルシウスはあっさり承諾した。

そのまま海水の入った桶に向き直って、手をかざして力を込める。

みるみるうちに、桶に張った水から真水が浮かび上がって空中に浮いた。

海水から、真水に分離していく過程。

因果。原因と結果。

それを見つめた――イメージが湧いてきた！

シープメモリーの時と同じだ。

破壊されたものと、建て直されたものが同時に視界の中に入っているのとまったく同じ状況になった途端、イメージが湧いた。

俺はアイテムボックスから新しい海水を出した。

俺の行動をセルシウスは不思議がったが、説明は後回しにして、とにかく続ける。

海水から、真水と塩を分離するイメージをする。

出来るイメージが湧いたから、残った複数同時枠を全部、開発に回した。

膨大《ぼうだい》な魔力をつぎ込んで、同時進行――すると。

「――ディスティラリー！」

新しく出した海水から灰色がかった塩が抜き出された。

残った水を指ですくってぺろり――味がまったくしない、真水になっている！

「主様……まさか、精霊である私と同じことを……』

「ああ。ありがとう、イメージが湧いて魔法を作れたよ」

「しかも創造を⁉　す、すごい……」

セルシウスが驚く。

『ふふ……飲み込みが早い。やはり面白い人間だ』

ラードーンはといえば、満足げな、それでいて楽しげな笑みをこぼしていた。

魔法を覚える練習と同じように、魔法開発も、重要なのは『再現』出来ることだ。

魔法の開発も、俺は『再現』して――今後も出来るというイメージがはっきりとついたのだった。

.51

「――パワーミサイル！」

突き出した右の拳から、純粋な魔力弾を打ち出した。

それが一七本。

一度ふわりと拡散してから、アナザーワールドの空間の壁に集中・着弾する。

異空間故揺れなかったが、その威力は一目で分かるほど抜群なものだ。

「マジックミサイルのざっと二倍の威力はあるな、よしよし」

俺は、三つ目のオリジナル魔法の成果に満足した。

ラードーンから『因果』というヒントをもらって、ウンディーネ《下級精霊》とセルシウス《中級精霊》を同時に召喚して比較用に並べた結果。

最近一番よく使う、純粋な魔力弾であるマジックミサイルの上位版・パワーミサイルを編み出した。

マジックミサイルとほとんど同じ魔法だ。

差異は、純粋に威力だけ。

故に、下級精霊と中級精霊を並べた結果、すぐに開発することが出来た。

これからは、マジックミサイルに代わって、パワーミサイルを使っていくだろう、という確信を持った。

『ふふ……その応用力、面白いものを見させてもらった』

「楽しんでくれたみたいだな」

『その調子で、もっと魔法を開発していくといい』

「そのつもりだ」

『ならばもっと世界を知れ。まずは国だ、国が出来れば、いやでも色々と知ることになる』

それはラードーンの真剣なアドバイスだった。

彼のいうとおり、それが一番『経験』をつめる生き方だろう。

それは間違いない。

だが。

「それもいいけど、もっと先があると思うんだ」

『もっと先？』

「ああ」

俺ははっきりと頷いた。

オリジナル魔法の開発で、色々とイメージして、頭をフル回転させた結果、一つの考えに行き着いた。

それは偶然の産物に近い、ひらめきのようなものだが、一度思いつくと、それは正しいものだと時を経ていくにつれて確信する。

「そもそも、最初の魔法を作った人は何をどうしたんだ？」

『――っ！』

「始まりが無から有になったんだから、全くの無から魔法を編み出すのは理論上可能なはずだ」

改めて言葉にすると、ますますその事を確信する。

間違いない。

目の前に『因果』がなくても、魔法でそれが出来るという発想がなくても。

一から、魔法を作れるはずだ。

『ふ、ふふふ、ふはははははは』

いきなり、頭の中でラードーンの高笑いがこだました。

「な、なに。どうしたんだ？」

『ふははははは。愉快、愉快だ。やはりお前を見ているのは楽しいぞ』

ラードーンは、俺の中に入ってからで、一番楽しそうに大笑いしたのだった。

☆

魔法開発が一段落して、俺はアナザーワールドから外に出た。

ものすごい勢いで建築されていくエルフと人狼達の村の中心で、エルフの長、レイナが俺を待ち構えていた。

俺がアナザーワールドから出てくると、彼女は駆け寄ってきた。

「リアム様！」

「どうした、何かあったのか？」

「はい。この土地のピクシー達が、保護を求めてやってきました」

「この土地のピクシー達が？」

聞き返すと、レイナは後ろを振り向いた。

彼女が振り向いた先を目で追うと、そこに一〇〇体くらいの、ふわふわ浮かんでいる妖精の姿がみえた。

レイナ達の前の姿とほとんど同じの、小さな妖精達だ。

「なるほど。でも保護を求めてって、なんで？」

「人間が襲ってきたっていうんです」

「人間が？」

「どこかの国の兵士らしいのですが、それ以上は分かりません。集落をいきなり襲われて、それで逃げてきたといってます」

「なるほど」

「どうしますか？」

「……罠って事はないよな」

俺は少し考えて、それだけ確認した。

「私達──あっ、ピクシーはうそをつけません」

「なるほど」

つきませんじゃなくて、つけませんか。

そういう種族なんだろうな。

「分かった、そういうことなら受け入れよう。ついでに、希望者には契約と名前をあげるから、それを聞いてきて」

「それならもう聞きました。全員です」

「全員か」

「はい、みんな、私達を見て、リアム様ならって」

「そんな風に信用するものなのか」

「私達も嘘はつけませんから、今までの事を話したら、あの子達も分かってくれました」

「なるほど」

ピクシーと元ピクシー達、お互い通じるものがあるんだろうな。

俺は、庇護《ひご》を求めてきたピクシー約一〇〇体の全員に、ファミリアの魔法で契約しつつ名前をつけてあげて、ピクシーからエルフに進化させた。

村の住民が、更に一〇〇人一気に増えた。

☆

新しいエルフ達から話を聞いて、俺はエルフ達が逃げてきた――襲った連中がいる方角に向かった。

ガーディアン・ラードーンを探しに行く途中で通ったことのある開けた平野で、それらと出くわした。

馬にまたがって、武装した集団だ。

身につけている武器は綺麗に揃っていて、野盗とかじゃなくて、どこかの国の正規兵だと一目で分かる格好だ。

数はおよそ一〇〇ってところか。

向こうも俺に気づいて、先頭の男が手を振り上げると、全員が一斉に手綱を引いて、綺麗に馬を止めた。

練度もかなりのものだ。やっぱりどこかの正規兵なんだろう。

「そこの子供、お前はここの住民か？」

先頭の男が聞いてきた。

「ああ、ここは俺の——国だ」

一瞬なんと答えるべきかを悩んだが、スカーレットが俺に言ったことを思い出して、『国』と答えた。

「国だと？……その国の名前は」

「それは……」

まだ全然決まっていないから、答えようがなかった。

俺が言いよどんだ瞬間、真剣な顔のリーダーの男がぷっ、と笑いだした。

「ふん、子供の戯れ言か」

俺は少しむっとした。

「とにかく、ここは俺の土地だ。お前らが何者なのかは知らないけど、さっさと出て行ってもらいたい」

「隊長、行きましょう」

「そうです、俺達はいきなり現われたこの土地の偵察をするために来たんです」

「こんな子供に関わって、ジャミールやキスタドールの連中に後れをとったら大変です」

男に近い部下が次々にそう言った。

男は頷き、手綱を振るって、馬を進ませ始めた。

「パワーミサイル・一七連」

腕を突き出し、無詠唱の上限である一七連のパワーミサイルを放った。

パワーミサイルは先頭の一六人を馬の上から吹っ飛ばした。

リーダーの男だけ、とっさに馬を屈ませてパワーミサイルをよけた。

吹っ飛ばされた男達は、鎧がひしゃげて、地面に転がって悶絶している。

「お、お前⁉」

「これは警告だ」

俺は拳を更に突き出した。

「ここは俺の国、俺の土地だ。無理矢理に侵入するなら、武力をもって排除する」

「ぐっ」

「「「うおおおお‼」」」

リーダーの男は明らかにためらったが、その部下達は違った。

恐怖と、怒り。

それが半々な感じで、怒号をあげて馬で俺に向かって突進してきた。

「分からん奴らめ」

イメージをした。

魔法を開発する途中で、身につけた『イメージ』の能力。

より、圧倒して戦意を刈り取るイメージ。

俺はテレポートを使った。

突進してくる騎兵の背後――馬のケツに乗っかるように飛んで、背後からゼロ距離のパワーミサイルを放つ。

「ぐはっ!」

騎兵は、もっとも無防備な背中に飛んでくる一撃を喰らって、そのまま吹っ飛ぶ。

更に別の騎兵の背中に飛んで、同じようにパワーミサイルを放つ。

次々と飛んで、次々とパワーミサイルで吹っ飛ばす。

突撃してきたのは一四騎、あっという間に一四人全員吹っ飛ばした。

ここまでやったんなら――と、残った騎兵達もなぎ倒した。

途中から目の前で俺が消えると、騎兵達は後ろに向かって先読みの反撃をしようとするようになったが、それをやってくる事も俺のイメージで予想していたから、真ん前に飛んだり、真上に飛んだりと、いろいろフェイントを織り交ぜてみた。

そして最後に――。

「くっ！」

「もう二度と来るな、いいな」

リーダーの男も吹っ飛ばして、一〇〇人はいる騎兵を、あっという間に殲滅したのだった。

.52

騎兵を撃退して村に戻ってくると、人狼やエルフ達のほとんどが一カ所に集まっていた。

理由はすぐに分かった。

数百メートル離れた先にいても一目で分かる、ガーディアン・ラードーンの姿。

そのまわりに、人狼やエルフ達が集まっている。

そして更に近づくと、その中心にスカーレットもちゃんといるのがみえた。

「ただいま。戻ってたのか」

「主！　はい、文字の修復が終わりましたゆえ」

「そうか」

近づいて、見あげる。

ガーディアン・ラードーンは静かに地面に寝そべっていた。

光沢のあるボディに加え、物静かに寝そべっている姿は、まるで銅像か何かに見えた。

「それはよかった。スカーレット、ちょっと話があるから、一緒に来てくれ」

「分かりました」

「レイナ、それに……クリス。お前達も来い」

同じようにガーディアン・ラードーンのまわりに集まっている二人の名を呼んだ。

エルフと人狼の、それぞれ長的な立場にある二人も一緒に連れて、アナザーワールドに入った。

家の中に三人を招き入れ、座るように言う。

家に入ってすぐのリビングで、食卓を囲む形で、俺達四人が座った。

「まずはこれを見てくれ」

俺はそう言って、アイテムボックスから鎧の残骸を取り出した。

騎兵を倒す過程で、ひしゃげて吹っ飛んだ鎧の一部だ。

それが戦闘後の地面にいくつもおちていたから、紋章が入っているかけらを持ち帰った。

それをテーブルの上に置いて、スカーレットに聞く。

「これ、知ってるか?」

「……パルタ公国の紋章ですね」

「パルタ公国?」

「我がジャミール王国、そしてキスタドール王国と同じく、この『約束の地』に隣接している国です」

「なるほど……」

「さっそく斥候《せっこう》を送ってきたのですか？」

「斥候か。なるほどあれは斥候だったのか」

俺は頷き、納得する。

一〇〇人くらいの騎兵と出くわして、それを撃退した事をスカーレットに話した。

「ピクシー達を襲ったひとですね」

レイナはそう言い、俺は頷いた。

「そうだ。斥候だとすると、襲ったのはついでってことなんだろうな」

「そう思います。おそらく近いうちに、ジャミールやキスタドールからも来るかと思います。元々はガラールの谷という天険で隔たれていた三国ですが、『約束の地』の復活によって地続きになりました」

「……どこもここの土地は欲しがりそうだ」

「おっしゃる通りです」

状況は、一瞬で理解出来る程度に分かりやすかった。

隣接している谷に、いきなりなかったはずの土地が出現した。

どこもここを調査して、手に入れられるのなら力尽くで手に入れようとするはずだ。

「どうすればいい」

「主にはここに国を作って頂きたい」

俺は静かにうなずいた。

レイナ達に、クリス達、その後更にエルフ達が増えて、ここにいる人数はどんどん増えた。

ファミリア――使い魔契約を交わしている者ばかりだから、見捨てる訳にはいかない。

スカーレットが話を持ちかけてきた時よりも遥かに、ここに国を作らなきゃって状況になっていた。

「国に必要な要素は三つ、土地と、人民と、力。そのうち土地ははっきりしております。人民も、今はこれだけですが、のちのち主の噂を聞いて更に増えていくでしょう」

「力、かぁ」

「そういう意味では、主が斥候を単独で撃退したのは結果的によかったかと。それに、いまここにはガーディアン・ラードーンがいます」

「それだけじゃない、兵――防衛隊みたいなのは必要だな」

「それは任せて!」

クリスがパッと立ち上がって、胸を叩いた。

「ご主人様の敵を全員ぶっころせばいいんだよね」

見た目は可愛らしいケモミミの人狼は、言うことが結構物騒だった。

「それなら、あたし達に任せてよ」

「そうだな……分かった、任せる」

俺は頷いた。

共にファミリアの魔法で進化したとはいえ、人狼はエルフよりも遥かに戦闘向きだ。

もともとが狼――狩りに向いている戦闘種族だ。

とりあえず『力』は人狼達に任せよう。

「力があると分かれば、向こうも下手にせめては来ない。そして認識している力の度合い次第で、こっちと話し合いを持ったり、同盟などを結ぼうとするでしょう」

「敵に回すよりも味方にした方が得だ、って思わせればいいんだな」

「その通りです」

「分かった。ならとりあえず、斥候くらいの相手はバンバン撃退していこう。領土に侵入してくる相手だ、倒してしまっても問題ないのだろう？」

「おっしゃる通りでございます」

「ベストなのは、相手が手土産持参で同盟を求めてくること。その手土産の大きさが、そのまま主をどれくらい重視しているのかというバロメーターになります」

「なるほど」

俺は深く頷いた。

スカーレットの説明とアドバイスで、当面のやるべき事は見えてきた。

村を作りつつ、敵を撃退していく。

力を出来るだけ見せつける。

ものすごく分かりやすくていい——と思ったのだが。

次の日、事態は俺達の想像を遙かに超えて進んでいった。

☆

村のど真ん中で、俺は貴族風の男と向き合っていた。

三〇代後半の男で、片眼鏡をかけていてりっぱなヒゲは手入れが行き届いている。

その背後には十数人の護衛がついているが、見た感じ敵意はなかった。

「レオナルド・バークリーと申します」

男は丁寧に腰を折って、俺に名乗った。

そう動いた瞬間、俺の背後にいる人狼やエルフ達が一瞬ざわついたが、敵意はやっぱり見せていないので、特に何かがおきることはなかった。

「バークリー侯爵……」

「知っているのか？」

すぐそば、斜め後ろに付き従う形で立っているスカーレットに聞き返した。

「ジャミールの貴族です」

「……なるほど」

改めてレオナルドを見る。

彼は笑顔を作ったまま、俺だけを見つめている。

「……リアムだ。バークリー侯爵はここに何の用だ？」

「我が主、ロレンツォ二世陛下よりあなた様にお会いせよ、との勅命を受けました」

「国王陛下の？」

「はい」

レオナルドはにこりと微笑んだまま。

「我がジャミール王国に、あなた様と戦う意思はありません。同盟を結ぶことを求めております」

「え？」

いきなり？　って言葉が頭の中に浮かんで、俺は驚いた。

しかし、驚きは更に先にあった。

「もし受けて頂けるのなら」

「……なら？」

「我が国の第一王女、スカーレット様を輿入《こしい》れする用意があります」

「――っ！」

俺とスカーレットは同時に驚いた。

第一王女の輿入れは、これ以上なくでっかい『手土産』だった。

ジャミールは、そこまで俺を評価している？

評価しているのはいいけど、何故だ？

まだジャミールからの斥候は来ていないし、力は見せていないはずなんだが……。

「あ……」

俺はある事を思い出した。振り向き、肩越しにちらっとスカーレットを見た。

バレバレなんだ。

俺に口止めをした時の動きと同じように。

スカーレットが『神竜』の事を調べているのがバレバレなんだ。

俺がそこまで理解したのをまるで見透かしたかのように。

「ジャミール王国は、あなた方ほどの方と敵対するつもりはまったくありません」

はっきりと、俺を最大限評価していると、暗に告げてきたのだった。

.53

あなた方……方。

それは俺と……ラードーンの事を言っているんだろうな。

スカーレットがバタバタ動いたせいで、ラードーンの事が気づかれた。

俺は色々と考えた。

この話を受けるべきかと考えた矢先に、まず確認しなきゃいけない事があることに気づいた。

それをレオナルドに聞いた。

「侯爵様は」

「レオナルドで結構でございます」

「……レオナルドさんは、スカーレットさんとあったことはあるのか？」

『ほう』

「むむ」

ラードーンと、レオナルドから同時に、違うが似ている反応が返ってきた。

ラードーンのそれはいつものようにちょっと楽しげで、俺の事をちょっと褒めているって感じの反応だ。

一方のレオナルドは意表を突かれて、感心しているっていうのが分かる反応だ。

「……失礼」

レオナルドはごほん、と咳払いをして、表情を引き締めた。

「政治的なセンスまでおありだとは思っていなかったもので。通常、貴族の長男以外、しかも五男ともなればそれを磨くことはありませんから」

まあ……そういうのが発揮されるような事態にはならないからな、普通の五男は。

それを話したレオナルドは、微かに――ほんのちょっぴりだけ、更にスカーレットからわざと目をそらしながら答えた。

「王女殿下の事ですね。何度もお目にかかったことがあります。先日も舞踏会で一曲踊らせていただきました」

つまりはよく知っているって事だ。

俺のすぐ後ろにいるのがスカーレットだってはっきり分かっている、ということだ。

その上で、一芝居打っている。

目の前にスカーレットがいるのに、いないものとして、スカーレットの輿入れを俺に提案している。

ここまでは分かった。

目の前に見えるもので、この場で判断出来る事は全部分かった。

その上で、俺は決めかねた。

この話を受けて良いのかどうか。

純粋に、美味しい話にはすぐに飛びついちゃだめって思っただけだ。

この話は美味しすぎる。

だからこそ、すぐに飛びつくのはどうかと思う。

相談がしたい……。

ラードーン。

『うむ、なんだ』

頭のなかでラードーンの声が響く――瞬間。

俺はひらめいた。

因果の因、そしてにほしがる果。

それをはっきりと感じた上で、今までもずっと経験してきたこと。

非日常的な事にかけては、経験値が普通の人間よりも圧倒的に多い。

その事が、俺にイメージをはっきりと抱かせた。

同時魔法の全ラインを使って、新しい魔法を作り出した。

テレパシー。

『驚かないで聞いてくれ、スカーレット』

『……主、ですか？』

『ほほう……』

背後の気配が変わらなかった。俺が驚くなと言ったのをちゃんと理解出来たようだ。

そして、俺が一瞬で魔法を作り出したことを、ラードーンはますます楽しげに、感心したようにした。

そのラードーンをひとまず無視して、テレパシー――念話でスカーレットに聞く。

『そうだ、俺だ。新しい魔法を作り出して、今スカーレットの頭に直接話しかけている』

『作り出した……？　さすがは主』

『この話は受けるべきだと思うか？』

『お受けするべきだと思います』

スカーレットは即答した。

そこに迷いはまったくなくて、本気でそうした方がいいと思っているのがはっきりと分かるほどの即答だ。

『理由は？』

『本当の狙いがどうであれ、私の輿入れという形なら、最低でも半年間の時間は稼げます。ジャミール王国の第一王女が輿入れとなれば、キスタドールもパルタも、その真意を確認するだけでそれくらいの時間がかかります』

『それは絶対か？』

『絶対です。国家間の事は少しの間違い、例えば外交の場での言葉使いを少し間違えただけでも戦争に発展します。その分、全てにおいて慎重になります』

『慎重ということは時間がかかる、か』

『はい。何がどうなろうと、半年は絶対にかかります』

半年間、か。

なるほど、最低でもそれだけの時間が稼げるのなら、この話は受けた方がいいな。

そういうことなら。

「分かった」

「おお、では」

「ああ、王女殿下の――」

ここで俺はまた、はっとひらめいた。

ひらめいて、のど元まで出かかった言葉を直前で変えた。

「――輿入れ、大変光栄に思います」

それでワンクッション置いて、ひらめいたことを頭のなかで一旦整理してから、口に出す。

「是非お受けしたいのですが、ご覧の通りの状況なので。準備が整うまで実際の輿入れは待ってほしい」

「準備が整うまで？」

「一年をください。王女殿下を受け入れても恥ずかしくない様にします」

「……」

レオナルドは俺をじっと見つめた。

さてどうなるか――。

『さすがです主』

――と思ったら、先に念話でスカーレットから答え合わせをもらった。

それからちょっと遅れるような形で。

「分かりました。陛下にはそのようにお伝えします。実際の輿入れは一年後だとして、婚約だけは早めにということになると思いますが……？」

『それなら大丈夫です。私が『王都にいて』、輿入れ前の状態が長ければ時間稼ぎになります』

「それで結構です」

「分かりました。そのように報告します」

レオナルドがそう言うと、話はまとまった。

とりあえずは時間稼ぎに成功した、のかな。

『ふふ……』

『ラードーン？　どうしたんだ』

『時間稼ぎはお互い様だということだ』

『え？』

『向こうも、お前を甘く見たから、再評価の時間が欲しいと思っているということだ』

そう……なのか？

言われて見ると、レオナルドはあまり表情を変えていないが。

じっと、俺を観察するように見つめている。

『お前を警戒している感情がプンプンつたわってくるわ』

ラードーンは、どこまでも楽しげにそう言ったのだった。

.54

村の中で、ハイスピードで村が出来ていくのを眺めていた。

ゴラクの幻影の知識と技術力、人狼達のずば抜けた体力、実は手先がかなり器用だったエルフ達。

それらが合わさって、村の建設は順調に進んでいる。

この分だと、明日くらいで、ひとまずの建物はそろって、建設が一段落するだろう。

その先はどうしようか……と思っていたその時。

俺の目の前に、幻影がテレポートしてきた。

「お待たせ」

「いいのか？」

「ああ、飛ぶぞ」

俺は深く頷いた。

自分の幻影と話すのは今でもちょっと不思議な気分だ。

俺の幻影は、俺を連れて再びテレポートした。

飛んだ先は立派な貴族の屋敷だった。

ハミルトンの屋敷よりも、はっきりと豪華な屋敷の一室。

使われている調度品、敷かれている絨毯《じゅうたん》、そもそもの建物自体。

何から何まで、ハミルトンの屋敷より立派だった。

「じゃあ、俺はここで」

「ああ」

頷き、俺の幻影の召喚をとく。

「主……」

そして、声に振り向く。

そこにスカーレットがいた。

「ここがお前の屋敷か。王都の」

「はい……えっと、本物の主……で、間違いありませんか？」

「ああ」

俺と俺の幻影のやりとりを目の当たりにして、戸惑いを見せるスカーレット。

「というか、俺を待っていたのか？　この部屋にいるって事は」

「はい。えっと、今のは……」

「実際に見せた方が早い」

俺はスカーレットを連れて、テレポートをした。

一瞬で『約束の地』にある村に飛んだ。

「あっ……」

「でもって」

もう一回飛ぶと、今度は屋敷の元の場所に戻ってきた。

「すごい……」

「お前に幻影を先に案内してもらって、その後に幻影が俺をここに連れてきただけの話だ」

いわば幻影を使った、テレポート先のブックマーク。

移動は幻影任せにして、ちょっと楽をしてみた。

「そのようなやり方、考えもしませんでした」

「それより、お前はここにいていいのか？」

「はい、今日は、もう。陛下に謁見出来るのは、軍事で急を要すること以外は、午前中だけと決まってますから」

「そんな決まりがあるのか」

なんか不思議な決まり事だな。

「ですので、今日は、もう」

「そうか」

俺はどうしようかと考えた。

スカーレットの屋敷の中、つまり彼女の空間の中はまだいい。

だけど、今の俺は、あまりおおっぴらに王都に姿を現わして良いものじゃない。

ハミルトン家の五男、新しく任命された騎士にして男爵。

そこまでなら良かったんだが、今は『約束の地』で国を作ろうとしている身だ。

いわば、別の国の君主。

それが王都に姿を現わすのは、普通に考えても分かる位良くない。

一旦戻って、また必要な時に様子を見に来るか。

「……ん？」

「どうかなさいましたか？」

「この気配……ラードーン？」

「え？　神竜様？」

「お前の気配だよな」

『そうだな、微弱ながら、我の力の残滓だ』

「力の残滓……なんかラードーンに由来するものが残ってたりするのか？」

「あ、はい。ございます。こちらへ」

スカーレットはそう言い部屋を出た。

そのまま、俺を案内するような形で先導する。

途中で彼女の屋敷のメイドと何人もすれ違う。

メイド達はみんな、

「姫様がみずから客を案内している⁉」

という、驚きの顔をしていた。

当の本人のスカーレットはそんな風に見られている事など気にも留めずに、俺を案内した。

やがて、更に一段と立派な部屋に連れてこられた。

「こちらです」

部屋の中に入ると――ちょっと驚いた。

そこに、竜の銅像があった。

ラードーンとは見た目が違うが。

「神竜様の像です。母――王妃の実家に代々伝わるものです」

「ああ、竜の血を引く一族って話だっけ」

「はい」

なるほど、と思った。

俺は像を見た。見た目は違うが、明らかにラードーンの力を感じる。

『ふむ』

「どうしたんだ、心当たりがあるのか？」

『これが残っていたとはな。戦争で全て失われたと思っていた』

「戦争で全て失われた？」

『魔法を使うといい。そうだな……オールクリアが最適だろう』

「あの像にか？」

『うむ』

頷くニュアンスを伝えてくるラードーン。

俺はスカーレットに向き直って、

「ラードーンはこれに魔法をかけろと言ってる。やっていいか？」

「もちろんです！　主の、何よりも神竜様のお告げなら！」

スカーレットは興奮気味に頷いた。

なるほど、神竜様のお告げか。

そういうことなら遠慮することはないな、と、俺は言われた通りに像に近づいて、オールクリアをかけた。

初級神聖魔法、ラードーンの力であらゆる状態異常を治す治癒魔法。

神聖魔法の光が像を包み込み――変化を起こした。

像は光とともに分解し、いくつもの部品になって飛び散って、スカーレットに飛びついた。

「ひゃう！」

小さな悲鳴を上げるスカーレット、しかし状況は止らない。

わずか、三秒。

スカーレットが鎧を纏っていた。

あっちこっちに元々の形が残っている、竜の像が分解して出来たと思われる鎧を。

「これは……」

驚くスカーレット。

そのままおそるおそるという感じで手をつき出し、

「ホーリーランス」

と唱えた。

光の槍が壁を貫く。

「出来た……あっ」

驚く暇もなく、スカーレットはその場にへたり込んだ。

そして鎧はひとりでに外れて、元々の竜の像に戻った。

「はあ……はあ……」

スカーレットは、一瞬で一時間走りきったかのように、疲れている感じだった。

☆

五分くらい休んだ後、ようやく落ち着いたスカーレット。

落ち着きはしたが、座ったまま、しばらくは立ち上がれないほど消耗していた。

「すみません主。やっぱり主はすごいです」

「どういうことだ？」

「今の魔法一回で、全身の力が吸い取られたような感じです」

「力が全部？　どういう事だラードーン」

『あれは我の力で作られた、人間が魔導戦鎧《せんがい》と呼んでいるものだ』

「魔導戦鎧……」

『人間の魔力で我の力を行使する事が出来るものだ』

「なるほど……戦争で全て失われたってのはそういう事か」

鎧だが、武器でもある。

こんなものが残っていたなんて。

「うん？　どうした」

スカーレットが熱い視線で俺を見つめている事に気づいた。

「今のホーリーランス……主も使っていらっしゃった……？」

「ああ、何度かな」

「私は一度でこうなのに……主はそれを平然と……すごいです……」

ラードーンの力を実際に体験したスカーレットは、ますます俺に心酔するようになったようだ。

.55

俺は像を見た。

黄金色をした像は、封印がとかれて復活したせいか、さっきまでよりも光り輝いて見える。

「しかし……」

「どうかしたのですか主」

「この……魔導戦鎧、だっけ。すごいのは分かったが、このままじゃ使い物にならない。一回攻撃しただけでこんな有様じゃな」

「申し訳ありません……」

スカーレットはシュンとした。

ホーリーランスを撃って、そのまま使い物にならなくなるんじゃな。

『それは最上級だからな』

「最上級？」

『魔導戦鎧は三種類作られた。出せる力によって見た目が変わる。あれは最上級の黄金鎧だ』

「低いランクのなら彼女にも使えそうか？」

「え？」

『うむ。しかし、それはもうない』

「全て失われたと思っていた……か」

俺は頷き、少し考える。

「どうやって作るんだ？　魔導戦鎧は」

目の前にある黄金色の竜の像はスカーレットの家の家宝。

いわばレガシー……過去の遺産だ。

こういう場合、製造法なんて失われているのが相場なのだが、俺の中にはラードーン本人がいる。

おそらく、世界中の誰よりも魔導戦鎧の事を知っている本人だ。

俺は直接、ラードーンに聞いてみた。

『ハイ・ミスリル銀をまず用意するがいい』

「スカーレット、ハイ・ミスリル銀って用意出来るか？」

「は、はい！」

スカーレットはぱっと弾かれる様に起き上がった。

まだ本調子じゃないみたいで、起き上がった時ふらついたが、ぎりり、と歯を食いしばってしっかりと立った。

そしてそのまま大声で人を呼んだ。

ドアを開けて、一人のメイドが入ってきた。

「お呼びですか、姫様」

「商人達に連絡しろ。今すぐ王都にあるだけのハイ・ミスリル銀を持ってくるように言え」

「す、すぐにですか？」

「すぐにだ」

俺といる時とは違って、スカーレットは有無を言わせない、いかにも高貴な人間らしい感じでメイドに命令した。

ああ、そうか。

俺と初めて会った時もこんな感じだったな。

そんなに昔の事じゃないのに、もう懐かしく感じる。

メイドは慌てて外に出た。

スカーレットは俺の方を向いた。

「他に何か必要でしょうか、主」

と、最近の、俺に傅《かしず》くスカーレットに戻って聞いてきた。

「ラードーン？」

『後はお前の魔力次第だ』

「俺の魔力次第だって」

「それならもう出来たも同然ですね！」

「……そう、かな」

俺は苦笑いした。

スカーレットの信頼がすごくて、頑張らなきゃって思った。

☆

ラードーンのアドバイスで、集められたハイ・ミスリル銀をまず溶かした。

サラマンダーとノームを呼び出して、ハイ・ミスリル銀を溶かして液状にする。

液体になったハイ・ミスリル銀はサラダボウル一杯分程度のものだった。

第一王女が、都中の商人に「すぐに持ってこい」と強く命じた結果がこの分量だ。

屋敷にいた時、父上が商人に命じて商品を用意させるのを見た事がある。

商人は父上――ハミルトンの権威に従って、すぐに要求のものを要求の分量用意した。

ただの伯爵でさえそうだ。

第一王女なら商人はもっと従うはず……なのに、この量しか集まらない。

「これでいくら位するんだ？」

「はあ……」

なんでそんな事を？　って顔をしながらもスカーレットは考えて答えた。

「ハイ・ミスリル銀ですので、これで金貨五〇〇枚程度かと」

「……なるほど」

予想以上に高かった。

やっぱりかなり高価で、かなり貴重な代物だった。

失敗は許されないな。

「どうすればいい」

『鉄の薔薇《ばら》を作ったことがあっただろう？』

「知っていたのか」

『それと同じ、我の魔力で我をかたどった像を作れば良い』

「それだけか？」

『精巧に作ればその分強い』

「なるほど」

精巧に、か。

俺はかつて作った、鉄の薔薇の事を思い出す。

あれと同じように……しかも精巧に。

なら、話は早い。

俺は召喚魔法を使った。

ラードーンジュニアと、ノームを呼び出す。

ノームを使って、型を作る。

目の前にラードーンジュニアを置いて、それを見ながら作る。

因果。因と果。

ラードーンを模したものを精巧に作りたいのなら、ラードーンジュニアを目の前において作った方が一番精度があがる。

ノームに細かく命令を出して、型を作る。

そして、その中にハイ・ミスリル銀を流し込む。

『同分量の魔力を混ぜるようにしろ』

「分かった」

ラードーンの指示に従って、ハイ・ミスリル銀をゆっくりと、魔力を練り込むような感じで型に流し込んでいく。

型に全部流し込んだ後、冷めるのをまって、型をはずす。

すると。

「わあ……そっくり……」

スカーレットが思わず感嘆するほど、ラードーンジュニアそっくりのハイ・ミスリル銀の像が出来た。

「で？」

『娘が契約するといい、血を像にたらせ』

「だそうだ」

「分かりました」

スカーレットは自分の指を傷つけて、ぽたっ、と血をラードーンジュニアの像に垂らした。

次の瞬間、変化が起きる。

さっきの黄金像と同じように、ラードーンジュニアの像が分解して、竜の意匠を残しつつ、鎧になってスカーレットに装着された。

「ああ……ち、力が……力が湧いてくる」

「本当か？」

「ホ、ホーリーアロー」

スカーレットは壁に向かって、初級の神聖魔法を撃った。

光の矢が壁を貫き、粉砕する。

そして――スカーレットはそのままだった。

魔導戦鎧をつけたまま、脱力しなかった。

「すごい……」

黄金の鎧と違って、実用に耐えうるレベルの魔導戦鎧の再現に成功した。

.56

スカーレットはハイ・ミスリル銀の魔導戦鎧を解除した。

鎧がはずされ、みるみるうちに元のラードーンジュニアの像に戻っていく。

俺はそれを見つめた。

「……」

「どうしたのですか主」

「ああいや、形状記憶の魔法を編み出したけど、昔の人もそれを開発してたんじゃないかな。これを見てそう思った」

「これを……あっ」

「そう、これも形状記憶の魔法と同じ――いやそれ以上だろう。二重に形を記憶してるんだからな」

「それなら、上位の形状記憶魔法がある、ということになりますね」

「そうだな。いずれそれも見つけよう」

「これほどのすごいもの、複数の魔法の効果が込められているのなら納得です」

「そうだな」

「身につけていた時、鎧自体が生き物のように感じました。それも何かの魔法の効果なのでしょうか」

「え?」

俺は驚き、じっとスカーレットを見つめた。

「ど、どうしたのですか主」

「生きてる、って感じたのか?」

「え? あ、はい。何となくですけど」

「生きてる……」

『限りなく生命体に近い存在だ。上級の魔道具は少なからずそういう存在として作られる。その方が能力が高くなる。人間がしばしば魔剣や妖刀などと呼ぶものがそれだ』

「……なら」

俺は頭の中に浮かんだ可能性をはっきりと形にまとめた。

そして、作ったばかりのハイ・ミスリル銀の魔導戦鎧に向き直り、手をかざして魔法を発動。

「ファミリア」

「ファミリア？　主？　それは……？」

驚くスカーレット。だが、説明は後回しだ。

「お前の名前は――戦を司るという意味の、アレス」

魔法の光が魔導戦鎧を包み込む。

光が全て魔導戦鎧に吸い込まれる。

見た目は何も変わっていないが。

『驚いた……このような発想があったとは……』

普通に感心しているラードーンの反応。

その反応から、俺は成功したと確信した。

「スカーレット、もう一度身につけてみろ」

「え？　あ、はい！」

スカーレットはまだ状況を理解出来ていないが、それでも俺に言われたとおりにやった。

ラードーンジュニアの形をした魔導戦鎧が分解し、スカーレットが装着する鎧になった。

「こ、これは……」

「どうだ？」

「さっきよりずっと軽い、それに、力が湧いてくる！」

「どれくらいだ？」

「ホ、ホーリーランスが撃てそうです」

スカーレットはそう言って、実際にホーリーランスを撃ってみた。

中級神聖魔法。

最初の黄金の魔導戦鎧では撃ったら力を使い果たしていたのに、今度はそうはならなかった。

『ふふ……面白いものを見た。やはりお前の中に入って正解だったわ』

「面白いのか？」

『魔導戦鎧全盛の時でさえ、この発想をする人間はいなかった。面白いぞ』

ラードーンは本気で楽しく思っているみたいで、俺の事を褒めた。

『例外で、我が一つだけ名前をつけたが、それもただ人間が区別するためのものだった。使い魔として契約するなど、発想すらなかった』

「……それって、ガーディアン・ラードーンの事か」

『うむ、よく気づいたな』

「あれも魔導戦鎧なのか？」

『我専用の、な』

「……三頭の竜で戦うための？」

「――っ⁉」

ラードーンの声は聞こえていないが、俺の言葉だけ聞いても、スカーレットははっと息を飲むほどだった。

三竜戦争。

天変地異を起こすほどの力をもった三頭の竜が戦い、最終的に勝利をした一頭が人間と交わり、国を作った。

その伝承を、スカーレットは重要視している。

第一王女の地位を捨てて、ラードーンが中にいる俺を立てて新しい国を作ろうとしたほどだ。

反応するのは当たり前だ。

「俺に使えるのか？」

『……ふふ、やってみろ』

出来るとも出来ないともラードーンは言わない。ただ、楽しそうに笑った。

その反応をするのなら、やる価値はある。

「スカーレット、ついてこい」

「は、はい！」

鎧を装着したスカーレットを連れて、テレポートで村に戻った。

村のすぐ外に寝そべっているガーディアン・ラードーンに近づく。

よく考えたらすごいぞ、これ。

自分の意識を持っていて、自由に動く、巨大な像。

それだけで、人間達が使う魔導戦鎧とは明らかに別格のものだ。

俺は近づき、指の腹を割いて、血をガーディアン・ラードーンにつけた。

契約して、装着と念じる。

ガーディアン・ラードーンが光った。みるみるうちに小さくなって、その後弾けるようにばらけて、俺の体にあつまってきた。

巨大だったガーディアン・ラードーンが、一二歳の俺の体にぴったりなサイズの鎧になった！

力が湧き上がる。

「パワーミサイル……三七連⁉」

自分でも驚くほどの力が出た。

空に向かって放った魔力の弾が、一気に五段階も上の、純粋な数で言えば倍以上のものが撃ち出された。

「…………すごい」

それを見たスカーレットは、絶句した後、その一言だけを絞り出したが。

「くっ」

俺は膝をついた。

鎧が体から離れ、元の姿、ガーディアン・ラードーンに戻った。

「主⁉」

「大丈夫だ……今ので全魔力を持って行かれただけだ」

「そんなに⁉　い、いや……でも、そう、か……」

実際に全部の力を持って行かれた経験のあるスカーレットは納得した。

『ふふふ、面白い。予想以上だ』

ラードーンは楽しそうに笑った。

『これを身につけて生き残ったのはお前で三人目。実際に魔法を行使するまでに至ったのは初めてだ』

「そんなにヤバいものだったのか」

『ふふふ……ここまで来れば使いこなしてみろ。世界がとれるぞ』

ラードーンはやっぱり楽しそうに、それでいて感心したように言ったのだった。

.57

力を持って行かれすぎたから、レククロの結晶を使って魔力を回復した。

それで人心地がついて、気を取り直して、スカーレットに話しかける。

「悪い、ガーディアン・ラードーンをしばらく借りてって良いかな」

「もちろんです！」

スカーレットは即答した。

「むしろ主が持っておくべきです！」

「そうか」

俺は頷き、アイテムボックスを出した。

その中にガーディアン・ラードーンを入れる。

生命あるものはアイテムボックスに入らないのだが、ガーディアン・ラードーンは普通に入った。

「限りなく生命体に近い存在、か」

『そうだ、限りなく近いが、生命ではない』

「なるほど」

魔導戦鎧、ガーディアン・ラードーン。

使いこなせる様になりたいから、もっと魔力をあげなきゃな。

☆

スカーレットが王都に戻ったのは、レオノルドが持ってきた話をいろんなルートから政治的に探るためだ。

そのため、スカーレットをもう一度テレポートで王都の彼女の屋敷に送り返してから、俺は再び村に戻ってきた。

「リアム様」

すぐさま、俺を見つけたエルフのレイナが名前を呼びながらやってきた。

「どうしたレイナ」

「クリスに聞いた話なんですけど、リアム様の耳に入れた方がいいかなって思って」

「なんだ？」

「この近くに、トロールの群れが生息してるらしいんです」

「トロールっていうと……あのでっかい化け物か」

「はい、そのでっかい化け物みたいな種族です」

結構有名な存在だから、俺でも名前を知っている、トロール。

基本的には体がでっかくて、普通に二メートルとか三メートルとかあって、ごつくて筋肉ムキムキの種族だ。

性格もまあ有名だ。

その外見通りに、乱暴で暴れ者なタイプと。

その外見に似つかわしくない、心優しいタイプと。

極端に分かれているのが特徴だ。

「えっと、そのトロールの群れの性格は？」

「すごく乱暴者なんだって」

「そうか」

「それでね、クリスは分かってないみたいだけど、今ってあまり人間達ともめない方がいいんですよね？」

「ああ」

「でも、多分人間達はまだまだ来る」

「……そうか、放っておくとまずいな。勝手にもめ事を起こされるとやっかいだ」

レイナが深く頷いた。

「うん。こっち側に引き込んで、リアム様の言うことを聞くようにした方がいいよね」

「そうだな。教えてくれてありがとう。場所はどこなのか分かるか？」

「えっとね……」

俺はレイナからトロールの群れの場所を聞いて、そこに向かうことにした。

☆

俺はレイナがクリスから聞き出した話を聞いて、東に向かって進んでいった。

草原が徐々に途切れて、あたりはゴツゴツとした荒地に変わっていく。

直前まで豊かな土地だったのが——いや違うか。

俺は屈んで、落ちている石ころを拾い上げた。

軽く割ってみる——やっぱりだ。

表面を見るだけでも分かったのが、割るとより分かる。

かなり含有量の高い鉄鉱石だ。

まわりを見回すと、鉱石らしき石ころがあっちこっちに落ちている。

まわりに緑がないだけで、ここも資源がたっぷり眠っている土地みたいだ。

その荒地を再び歩き出す――が、すぐに足を止める事となる。

「……出たか」

つぶやき、まわりを見る。

気づかない内に囲まれていた。

遠くから俺を取り囲んでいるのは、数十メートルという距離からも分かる位、巨大なサイズの者達だ。

トロール。

聞いていた話通りの見た目の連中だ。

まあ、分かりやすい外見だしな。

二メートルから三メートルのでかさの、筋肉ゴツゴツの巨人。

ねじ曲げようがない分かりやすい見た目だ。

それが全部で約三〇体。

俺を取り囲みながら、近づいてくる。

「オマエ、ナニモノダ」

声が届く程度の距離に近づくと、一体のトロールが問いかけてきた。

他のトロールとちょっとだけ違っていた。

サイズはほとんど一緒だが、腰布一枚で裸の上半身からは、鉱石と見まがうトゲトゲが生えている。

正直——力強さが増して、ちょっとかっこいいとすら感じてしまう。

真っ先に話しかけてきた事といい、トロール達のボスのようだ。

トロールが全員持っているこん棒も、こいつのだけ一段とぶっとくて強そうだ。

「俺の名前はリアム。ここに国を作ることになったから、引き入れにきた」

「ニンゲン、ウソツキ」

トロールボスは片言チックでそんな事を言い放った。

「信用デキナイ」

「信用してくれ、悪いようにはしない。今も既に、エルフ——じゃなくて、ピクシーとウェアウルフ達が仲間になってる」

言いかけたのをやめて、ファミリアで進化する前の姿を告げた。

「立チ去レ、サモナクバコロス」

「……それを聞いて、ますます引き入れなきゃって思ったよ」

この調子でジャミールら三国の、多分しばらくの間やってくるであろう斥候やらなにやらに会わせると問題になる。

「分カッタ、モウ死ネ」

トロールボスはこん棒を構えて、殴り掛かってきた。

踏み込んできて、真上から振り下ろされる巨大なこん棒。

とっさに後ろに飛んで躱す。

すると、空を切ったこん棒がそのまま地面に叩きつけられ、ボコッ、と巨大なクレーターを作り出した。

更にたたみかけるように、こん棒を滅多打ちで振り下ろしてくる。

全力でよけるが、こん棒は次々と空を切って地面に叩きつけられて、クレーターを作り出し、弾けた地面や岩があっちこっちに飛び散る。

中にはクレーターに収まらない、人を飲み込むほどの亀裂《きれつ》を地面に産み出す一撃もあった。

見た目通りのものすごいパワー、一発も貰うわけにはいかない。

俺はよけながら、手加減を前提に反撃の方法を考えていると――足を取られた。

地面の亀裂に足を取られて動きが止った。

「ニィィ」

トロールボスは全力でこん棒を振り下ろした。

大気がうなりを上げる。

今までのものとは比較にならないほどの一撃。

ざっと見積もっても、威力は一〇倍以上はある。

完全にやられた。

誘い込まれたのだ。

見た目で油断して、筋肉馬鹿だと思い込んでいた。

それが――巧みに誘い込まれてからの、必殺の一撃。

「――っ！」

まわりをざっと見回した俺は、その一撃を受けた。

こん棒が真上から振り下ろされ、喰らった俺は地中に叩き込まれる。

体がものすごい勢いで真下に埋まっていく。

一〇メートルくらい埋まってから、ようやくその勢いが止る。

「……ふう」

とっさにやったのが間にあった。

俺は自分が埋まった穴の底を蹴って、地上に飛び出す。

「バカナ、無傷ダト!?」

トロールボスは驚愕した。

「とっさにやったのが間にあったからな――解除」

俺は纏っている鎧を解除し、ガーディアン・ラードーンに戻して、アイテムボックスにしまった。

直前に、アイテムボックスから呼び出して、鎧化して身につけた。

ラードーン本人も使った、ガーディアン・ラードーンの魔導戦鎧。

喰らったところが若干ヒリヒリする程度で、無傷でやり過ごす事が出来た。

それに――うん、あっちも大丈夫みたいだ。

「オノレ、コウナッタラ」

「ぼす」

更にしかけてこようとするトロールボスを、別のトロールが呼び止めた。

「ナンダ――ムゥ！」

呼ばれて仲間達の方を振り向いたトロールボスが驚愕した。

びっくりしてまわりを見回し、それで更に驚く。

まわりにいる約三〇体のトロール達のまわりに、岩が『よけて』落ちていた。

全部が綺麗によけている。中にはトロールの体よりも大きな岩もある。

トロールボスが地面を殴って、飛ばした岩だ。

それが一つ残らず、『岩が』よけている。

「ドウイウコトダ……」

「頭に血が上って、仲間を傷付けるところだったぞ」

「オマエガ、ヤッタノカ」

「ああ」

俺は深く頷いた。

よけなかったのは、そして魔導戦鎧を纏ったのはトロール達を助けるためだ。

トロールは三〇体近くいるから、通常状態だと魔法の数がたりない。

それで魔導戦鎧を呼び出して、最大数をブーストして、全員守ったのだ。

「……」

「ぼす……」

「ワカッタ、話ヲキコウ。ツヨキ……ヤサシキモノヨ」

トロールボスは敵意を収めた。

この言葉の内容から、俺は彼らが『実は心優しいタイプ』だとなんとなく分かったのだった。

.58

「我々ニ、ナニヲノゾム」

落ち着いたあと、トロールボスが俺に聞いた。

俺の前であぐらを組んで座っていてもなお、二メートル近くの高さで、見あげるしかなくて首がちょっと痛くなってくる。

トロールボスを見あげる体勢で説明をする。

「この土地に新しい村を作ってる。今のところエルフと人狼がほとんどで、人間は俺を入れて二……いや四人かな」

「村ヲ……？」

「そこに一緒に来てほしい」

「何故、我々ヲ？」

「理由はいくつかある」

俺はちょっとだけ考えて、一番当たり障りのないものを言った。

「このさき、この土地には人間が多くやってくるかもしれない。お前達は放っておくと、最悪討伐される。そうなるのは見たくない」

「……」

トロールボスは俺をじっと見つめた。

本心を見極めるかのような視線だ。

まわりで、他のトロール達が固唾をのんで見守っている。

「……先ニ」

「うん?」

「先ニ、村ノ様子ヲ見セテ欲シイ」

「ああ、分かった」

☆

トロール達を連れて、村に帰ってきた。

もちろん徒歩とかじゃなく、テレポートだ。

「コ、コレハ!?」

「上級の神聖魔法、テレポートというヤツだ。行ったことのある場所に瞬間移動する魔法だ」

「てれぽーと……」

トロール達は全員ざわついていた。

一瞬でまったく違うところに飛んだことを未だに受け入れられていないようだ。

「あー!!」

女の声がした。

振り向くと、クリスがそこにいた。

クリスはこっちを——俺じゃなくてトロールボスを見ている。

「ナンダ、コノ女ハ」

「なんであんたがここにいるのよ脳筋!」

「ソノ呼ビ方……イノシシ女カ」

「猪じゃなくて狼って言ってるでしょ!」

逆上したクリスは、トロールボスに飛びかかっていった。

猛ダッシュしてからのジャンプ、そのまま飛び蹴り。

トロールボスは防ごうとしたが、蹴りは想定よりも速かったようで、ガードをすり抜けてあごに綺麗に入った。

グラッ……とトロールボスの巨体が揺れて、後ろ向きに倒れ込んだ。

トロール達が一斉にボスのまわりに集まった。

一方で、クリスは。

「ふふん！」

と、腰に手を当てて、得意げにふんぞりかえった。

「クリス」

「え？　なに？」

「あいつとどんな関係なんだ？」

そもそもの事の発端も、レイナがクリスから話を聞いたからだった。

今のやりとりを見ても、単なる顔見知りを越えた何らかの関係なのは間違いない。

「うーん、むかつくバカ？」

「いやそれは関係じゃない」

「よく分かんない。むかつくから、昔からあったらとりあえず殴り合ってるんだよ」

「ケンカ友達ってことか？　とりあえず殴り合ってるって、どれくらいやってるんだ？」

「今ので三〇六勝三七八敗くらいかな」

「やり過ぎ！　もう腐れ縁だろ！」

お前ら結婚しろ！　って言葉が喉まで出かかった。

「っていうか脳筋、あんた弱くなったんじゃないの？　なんであたしに一発でのされてるのさ」

「弱くなったんじゃなくて、クリスが強くなったんだよ」

「え？」

「ファミリアでウェアウルフから人狼に進化しただろ」

「……あ、そっか」

いわれて初めて思い出した、って感じのクリス。

一方で、仲間のトロール達に支えられて、ようやく体を起こすトロールボス。

「強クナッタナ」

「当たり前じゃん。あたしはご主人様の使い魔で、強くしてもらったんだから。あんたみたいな脳筋に負けてらんないのよ」

ついさっきまでファミリアで進化したからという事も忘れていたのに、今はもうそれを自慢の種にしている。

クリス自身、嫌みの無い性格だから、悪い気はしない。

「ソウカ……」

「っていうか、あんたもご主人様に契約してもらいなさいよ」

「契約?」

「そっ。ご主人様、いいよね」

「ああ、まあ。そのつもりだけど……彼ら次第だ」

「それなら問題ないよ。ちょっと脳筋、あんたあたしに負けたんだから、いつも通り一個命令聞きなさいよね」

「……分カッタ、何デモ言エ」

「って事でご主人様」

やっぱり仲が良いな、この二人は。

まあいいや、それは置いといて。

「じゃあ契約するぞ」

「アア」

俺はファミリアの魔法をトロールボスにかけた。

同時に、名前をつけてやる。

「お前の名前は、ガイだ」

頭に浮かんだ、彼らしい名前を告げると、魔法の光がガイを包み込んだ。

ガイは、みるみるうちに小さくなっていった。

三メートルを超える巨人が、一メートル八〇センチくらいの、ガッチリとしたマッチョになった。

ものすごいマッチョだ。脂肪はまるでついていない、筋肉の鎧を纏った男。

「これが……それがしでござるか」

そして、言葉もさっきまでの片言じゃなくて、人間っぽい流暢な喋り方になっていた。

何故か語尾がござるになっているが。

サイズこそ小さくなったが……体に内包する力は間違いなくさっきまでより上。

ざっと三倍は強くなっていると感じた。

「よし、続きやるよ！」

クリスがガイにしかけた。

さっきまで跳び蹴り一発で沈められていたのが、完全にクリスの動きに反応出来るようになった。

飛び蹴りを軽く受け止めて、うなりを上げる裏拳を放つ。

それをクリスが軽やかな身のこなしで躱す。

二人は戦った。

関係性を知っているとじゃれ合っているように見えそうだが、かなりハイレベルな戦いだ。

ガイの攻撃は一撃一撃が必殺級で、俺を地中深くに叩き込んだあの一撃よりも力強い。

一方のクリスは素早く、攻撃も鋭く。

体を外からではなく、内側から破壊するような鋭さの攻撃だ。

そんな二人の戦いを、トロール達がポカーンと見つめていた。

「ぼす……スゴク強イ」

「前ヨリモズット」

「マサカ……伝説ノぎがーす、カ？」

トロール達のつぶやきと、人狼やエルフに進化した今までの事からすると。

トロール達は、ファミリアと名付けで、ギガースという種族に進化するらしいことが分かった。

残ったトロール達にも次々とファミリアをかけて、ギガースに進化させる。

こうして、心優しい巨人達が進化したギガースが加わり、この先必要となる、防衛力——戦力に目処がついたのだった。

.59

進化して、住民の一員になったガイ率いるギガース三〇名。

彼らはみんな、巨大な籠《かご》を担いでいた。

籠の中には山ほどの石――鉱石が入っている。

その籠と鉱石の大きさは、実に担いでいる彼らの三倍――いや五倍はある。

自分の五倍はある体積の鉱石を担ぐその姿は、力強さと頼もしさを感じさせる。

「ふぬー、ぐぎぎぎ……」

一方で、それに張り合うクリス。

彼女は自分の体積よりもちょっと少ない位の鉱石しか担げなかった。

いや、見た目はケモミミがついているか弱い美少女なのだ、人狼のクリスは。

自分と同じ体積の鉱石を担げるだけでもすごい事だろう。

「無理はいけないでござる」

「無理じゃや、ないもん！」

「力仕事はそれがし達に任せるでござる――ああっ！　いわんこっちゃないでござる」

クリスは担いでいる鉱石につぶされた。

それで心配してくるガイを、涙目で睨みつけた。

「こ、こ……」

「こ？」

「これで勝ったと思うなよー!!」

クリスは更に涙目になって、火事場の馬鹿力、って感じで走り出した。

ガイと張り合うクリス、その光景は見慣れているのか、ガイ以外のギガースはみんな、ニヨニヨしながら二人のやりとりを見守っていた。

☆

ギガース達が次々と、最初に出会った荒地から鉱石を担いで村に戻ってきた。

その鉱石を、俺は次々と製錬して、金属を抽出する。

ノームとサラマンダーを駆使して、温度とか、『炉』の内部構造を変えたりして、金属をより分けて抽出した。

鉄、銅、黄金や白銀。

主に鉄が一番多いが、いろいろな金属をゲット出来た。

しかし、狙っているハイ・ミスリル銀はほとんど出なかった。

丸一日やっても、ゲット出来たのは豆粒大のが五つ。

魔導戦鎧を作るには到底足りない分量だった。

一方で鉄は一トンを超え、黄金でさえも一キロはあるという、結構な収穫になった。

俺は手の平に載っているハイ・ミスリル銀をじっと見つめて、

「こんなに出来ないとは思わなかった」

とつぶやいた。

『人間界では珍しい金属だ。そうそう大量に出るものではない』

「そうみたいだな。王都で第一王女が集めさせてもあのくらいしか出てこなかったのが納得だよ」

ギガース——トロール達と会ったあそこに大量の鉱石があると気づいてから、ハイ・ミスリル銀をゲットして魔導戦鎧を量産したいなと思っていた。

それでガイ達に鉱石を大量に、次々と運んできてもらったが、この感じじゃここでハイ・ミスリル銀を揃えるのは現実的じゃないな。

「魔導戦鎧、この先の事を考えるともっと欲しいんだけどな」

『他のものを大量に生産して、交易で手に入れるのが無難ではないか？』

「そうだな……ハイ・ミスリル銀じゃないとダメなのか？」

『最低限、ハイ・ミスリル銀がいる』

俺の質問に、ラードーンは更に無慈悲な答えを返してきた。

こんなに手に入れにくいハイ・ミスリル銀でさえ『最低限』だなんてな……。

『他の金属では力不足だ』

「そうか……ん？」

『どうした』

「今、力不足って言ったか？」

『うむ。それがどうした？』

訝しむ声で聞き返してくるラードーン。

俺は少し考えた。

「やってみるか」

『何をやるのだ？　言っておくが、最低限ハイ・ミスリル銀が必要なのは既に証明されている。いたずらに失敗をするだけだ』

「別にいいんだよ、失敗でも」

『なに？』

「失敗なんて、成功しなかったただけで、大した事じゃないから」

『…………』

ラードーンが数秒間、絶句した後。

『ふ、ふは。ふはははははは！』

ものすごい勢いで笑い出した。

「な、なんだよ」

『ふふふ……そうか、失敗は失敗ではなく、成功しなかっただけか』

「普通にそうだろ？」

魔法なんてその最たるものだ。

マスターするまで、いや実際に発動するまで。

失敗ではなく、成功しなかっただけ。

成功しなかっただけだから、するまで続ければいいだけだ。

『面白い、その考え方……ますます気に入ったぞ』

「はあ……」

何をそんなに気に入られたのか分からないけど……ま、いいか。

俺は、考えている事をやろうとした。

ラードーンはもう止めなかった。むしろ楽しそうな感情を垂れ流して、わくわくして俺が何をするのかを見守っている感じだ。

俺は大量に作った鉄をサラマンダーでとかした。

それをノームで作った型に流し込む。

次に魔力を流し込む。

ここまでは、最初のハイ・ミスリル銀で魔導戦鎧を作った手順と同じだ。

「ファミリア!」

使い魔契約の魔法を使った。

俺が考えたのはこうだ。

スカーレットのために作った魔導戦鎧は、ファミリアの魔法で名前をつけたら性能が上がった。

名前をつける前を一だとして、二くらいまでには性能が上がっていた。

なら、鉄で作った魔導戦鎧っぽいものは？

もし、全くのゼロではないのなら。

鉄でも、ファミリアの魔法で名付けをすれば魔導戦鎧になるんじゃ？

そう思って、やってみた。

「お前は……アポロン！　太陽を意味するアポロンだ」

名前をつけた後、魔力が型の中に吸い込まれていく。

型が外れると――現われたのは。

『これは――太陽、か？』

「ああ。どうせなら、名前にふさわしい姿にした方が、力も上がるんじゃないかって思ってな」

これは、ガイ達に名付けた時に気づいたことだ。

ぱっと思いついた名前でも、彼らにふさわしい響きや意味になっていて、それをつけられた彼らはある意味名前の通りに進化した。

ならば、魔導戦鎧も？

そう思ってやったら――。

『面白い』

「え？」

『成功しおったぞ。鉄での魔導戦鎧』

「本当か？」

俺は目の前にある、太陽の形をしたそれを見る。

『素晴らしい発想だ。ふふ……どこまでも楽しませてくれる人間だな、お前は』

ラードーンは、ものすごく楽しそうだった。

.60

普通の鉄でも、ファミリアと名付けを組み合わせれば、魔導戦鎧を作れることが判明した。

俺は、作れるだけ作った。

それで一つ判明したことがある。

理由は不明だが、同じ名前は繰り返し使えない。

『名付けは人間が誰しも行える、原初の呪法だ』

ラードーンは前にも話してくれた言葉をもう一度繰り返した。

呪法だからこそ、同じものでお茶を濁したら力が宿らないのだという。

鉄は山ほどあり、いくらでも追加生産出来る。

俺の魔力も充分にある。休んだりレククロの結晶を使えば回復する。

名前だけは、そんなにポンポンとは出てこなかった。

ちゃんとした名前をつけてやらないと、鉄からは魔導戦鎧にならない。

俺は脳みそを振り絞って、どうにかまずは一五個。

エルフ、人狼、ギガース達に、五個ずつ配れる量を作った。

☆

村の中の空き地で、鉄の魔導戦鎧をつけた者達が模擬戦をしていた。

魔導戦鎧は、三つの種族から、それぞれ腕に覚えのある者達に優先して配った。

他の者達は模擬戦を見守っている。

二人ずつに分かれて戦う模擬戦で、一組だけ『模擬』ではない、白熱した戦いを繰り広げている。

ギガースのガイと、人狼のクリスだ。

前からのライバル関係にある二人は、ファミリアと名付けによる進化、さらには魔導戦鎧で、超人バトルの激戦を繰り広げた。

その激烈さたるや、他の魔導戦鎧もちでさえも、手をとめて、固唾をのんで見守るほどだ。

「遅い、遅いよ脳筋！　それじゃいくらやってもあたしはとらえられない」

「そなたこそ、そのもやしパンチではいくら当ててもそれがしは倒せぬでござるよ」

「なにをー！」

「ふんぬ！」

攻撃も熾烈だが、口げんかも同じくらい激しかった。

「やっぱり、仲が良いですねあの二人」

俺のそばに立っている、エルフのレイナがしみじみとそう言った。

「ああ、間違いなく仲が良い。あの二人にチームを組ませようと思う。少数で相手と戦うような場面に二人を一緒に放り込めば強そうだ」

「分かります。おそらく――『あたし以外の相手に倒されるんじゃないよ』『イノシシはそれがしの背中に隠れているといいでござる』とか、言い合いそう」

「あはは、なんか想像出来るな」

二人の戦闘を眺めていると徐々に楽しくなってきた。

その時ふと、馬の蹄の音がした。

一頭や二頭じゃない、一〇頭以上はある。

それが重なって、かなりの音になった。

クリスとガイも戦うのをやめた。

この場にいる全員が一斉に音の方に振り向く。

馬に乗った――約二〇人の男達がやってきて、俺達の前で手綱を引いて馬を止めた。

「おい見ろよ、あれエルフだぜ」

「すげえな、エルフがこんなに。急に現われた土地だからどんな魔境かって思ったけど、宝の山じゃねえか」

「こいつら全員売り払ったら一生遊んで暮らせるぞ」

男達は全員欲望丸出しの、下品な話をしていた。

その格好、そして今の物言い。

間違いなく野盗の類だ。

「おいお前ら！」

野盗の一人が馬の上でふんぞりかえって声を張り上げた。

「大人しくしろ、抵抗しなきゃ手荒なまねはしないでやるぞ」

と、一方的に宣言してきた。

しかたない、追い払うか——と思ったその時。

「ミーナ」

レイナが静かに口を開けた。

ミーナというのは、小柄なエルフの女の子の名前だ。

魔導戦鎧を優先的に与えた内の一人で、その魔導戦鎧をライトアーマーのように身につけている。

あまりにも『ライト』で、下はミニスカートになっていて、強そうと言うより可愛らしい。

レイナは、そのミーナに耳打ちした。

「分かりました」

ミーナは頷き、ゆっくりと野盗の男達に向かって歩き出した。

「へえ、いい心がけじゃねえか」

「でも足りねえよ」

「全員連れて行くから用意しろ」

男達は一斉に大笑いした。下卑た笑い方だ。

どうやら、レイナがミーナを『差し出した』と思っているようだ。

だが。

ミーナはまっすぐ突っ込んだ。

まっすぐ突っ込んでいって、右のストレート。

一番前にいた男を馬ごと吹っ飛ばした。

「なにっ！」

「てめえ！」

その一発で男達は目が醒《さ》めて、一斉に武器を抜き放ったが、本気になってももう遅い。

ミーナは、次々と正面から突っ込んで、男達を殴り倒した。

三分もしないうちに、男達が全員殴り倒された。

「なかなかやるでござる」

「まっ、この程度のザコ、ご主人様の手を煩わせるまでもないね」

静観していたガイとクリスがそう言った。

他の魔導戦鎧持ちも全員動いていない。

ミーナが勝つって、信じ切っていたみたいだ。

その事に俺は頼もしさを覚えた。

素晴しい事だ。

国を作っていくにあたって、戦力——防衛力をどうにかしないといけないと思っていたから、この戦いで魔導戦鎧の力を証明出来て、俺はほっとした。

これくらいの力なら、もうちょっと急いで、あと一〇、いや二〇も作ればとりあえず自衛するに足りる力になる。

そうなると名前が——。

「う、動くな！　このガキがどうなってもいいのか」

考えごとをしていると、いきなり後ろから組み付かれた。

抜かれた剣が俺の首筋に押し当てられた。

野盗の一人が、この場で一人だけ、子供である俺を人質にとったのだ。

「あっ」

「あっ」

「あっ」

レイナ、クリス、ガイが次々に声をもらした。

「「「あーあー……」」」

他のみんなは、ため息交じりの声を漏らした。

男にとっては、それはまったく予想していなかった反応だろう。

「な、なんだよそれ！　本気でやるぞ！　ぶすっと行くぞ——ぶげっ！」

俺は裏拳気味に拳を振って、その勢いでパワーミサイルを一発放った。

パワーミサイルは剣を砕いて、そのまま男を吹っ飛ばした。

体が宙に浮き、放物線を描いて地面に吸い込まれる。

白目を剥いて、ビクビクと痙攣する。

「うん、やっぱりリアム様だわ」

「今の一撃が一番ダメージでかかったでござるな」

「あご粉々だよあれ。もう再起不能だね」

レイナ達三人は、冷静に状況を説明した。

ミーナに殴られて吹っ飛んだが、意識は残っていた野盗達。

彼らは俺と、一撃で沈められた男を交互に見て。

ガタガタと震えだし、一部に至っては失禁までしてしまうのだった。

.61

夜、俺はアナザーワールドの中にもどってきた。

広くなった敷地は建てた家の外周だから、庭って言うことになるんだろうか。

その庭に椅子を持ち込んで、アイテムボックスと、大量の中級精霊、セルシウスを召喚した。

アイテムボックスの中にある大量の海水を真水と塩に分離するためだ。

村の人数が増えてきた。

ギガース、人狼、エルフ。

一番多いのはエルフで、その次が人狼、そしてギガースだ。

人間は俺一人、間違いなく一番少ない。

俺以外は人間じゃないが、生きるために水と塩が必要なのは人間と変わりは無い。

その消費をまかなうために、大量に精霊を呼び出して生産させる。

俺一人でもディスティラリーでやれるが、精霊を複数召喚してやらせた方が、長い目で見て効率がいい。

そうやって呼び出した一八人の中級精霊セルシウスに説明する。

「このアイテムボックスから海水が出る。その海水を真水と塩に分離して、アイテムボックスの中に戻してくれ」

セルシウス達は一斉に頷いた。

俺がアイテムボックスから海水を出すと、それに向かって水の精霊の力で真水と塩に分離させ始めた。

と、おもいきや。

一人だけ動かずに、俺をじっと見つめている。

「どうしたんだ？　分からなかったのか？」

「いえ、そうではありません。覚えていますか、私の事を」

「うん？」

「以前、進化させていただいたものです」

「ああ」

俺は頷いた。

精霊は数多く存在する。そして精霊召喚魔法は無作為に――ランダムに精霊を呼び出す。

「そうだったのか。元気だったか？」

「進化させていただいたおかげで、私の世界が広がりました。本当にありがとうございます」

「どういたしまして」

「まだ不慣れですが、ものに憑依《ひょうい》して、人間界に干渉出来るようにもなりました。召喚ではない状態なので、やり過ぎると精霊王からお叱りを受けますが」

「精霊王なんているのか……ちょっと待て、今なんて言った」

「え？　やり過ぎるとお叱りを――」

「違う、そのちょっと前だ。不慣れだけど？」

「ものに憑依、ですか？」

「そんな事が出来るのか？」

「はい、中級精霊から。力が強ければずっと憑依していられます。世の中には精霊の力を宿したものが多く存在するのはそのためです」

「ああ、なるほど」

俺は少し考えた。

「力があればいいのか？」

「え？　あっ、はい」

「……力を上げてやるから、ちょっとの間協力してくれないか？」

「はい！　喜んで！　お返しをさせてください！」

精霊は大喜びで即答した。

「アメリア・エミリア・クラウディア」

俺は詠唱して、消費魔力を高めるかわりに同時使用の魔法数を増やした。

「ファミリア――お前の名前はゼロ。セルシウス・ゼロだ」

使い魔契約の魔法をセルシウスにかけて、名前をつけてやる。

魔法の光がゼロを包み込んで。

「あああっ……」

ゼロは感激した。

自分の手をしばしじっと見つめて、

「ありがとうございます!!」

と、俺にものすごく感謝した。

「力が上がったか？」

「はい」

「ものに憑依することは?」

「これなら出来ます!」

「よし……」

俺は更にノーム、サラマンダーを呼び出した。

アイテムボックスから大量に作って貯蔵した鉄を出して、溶かしつつ型を作る。

目の前にいるゼロ——セルシウスの姿を真似て、銅像——もとい鉄の像を作った。

もちろん、ラードーンの魔力を同時に注ぎ込むことも忘れない。

「ゼロ」

「はい!」

「これに憑依してくれ」

「分かりました!」

ゼロは迷う事なく、鉄の像——魔導戦鎧の未完成品に飛び込んだ。

精霊の彼女は飛びつく直前に光の粒子になって、魔導戦鎧に吸い込まれていく。

今までのは、鉄の像に名前をつけるだけだった。

それを更に改良した。

鉄の像に、名前をつけた精霊を憑依させた。

「ウォーターフォール！」

エルフのレイナが叫んだ。

直後、晴れ渡った空から、雲がまったくないのにもかかわらず、巨大な滝のように大量の水が降り注いできた。

その水の量たるや、平らな地面に爆発の様なものを起こし、巨大なクレーターをえぐり出すほどだ。

その威力を見て、水の精霊のような姿――セルシウスの魔導戦鎧をつけたレイナ自身が驚愕した。

「エクス……プロージョン！！！」

少し離れたところで、人狼のクリスが叫んだ。

真っ赤に燃えさかる炎のような鎧を纏う彼女は、正真正銘の巨大な爆発を引き起こした。

直径一〇メートルの火球が渦巻き、一気に弾け飛ぶ。

「ガイアクラッシャーでござる!!」

そして、ギガースのガイ。

マッチョな肉体にゴツゴツした鎧を纏う彼は、思いっきり地面に拳を叩きつけると――その地面が割れた！

それぞれの種族のリーダーに、試作となる精霊の魔導戦鎧を渡してみたが、想像以上の威力だ。

「すごいですリアム様。これ、昨日のよりすごいです！」

「本当だよご主人様、あれですっごい強くしてもらったのに、これであたしは元の一〇倍くらい強くなってるよ」

「この力なら仲間全員を守れる。かたじけないでござる」

三人は一様に、手放しで喜んで、俺を称えた。

精霊の魔導戦鎧なら、ハイ・ミスリル銀を使わなくても、それと同等以上の力を得ることが出来る。

しかもこれは簡単に量産可能だ——まあ、俺の魔力じゃ、一日に二つ三つしか作れないが——それは問題じゃない。

魔力は回復出来るし、なんならレククロの結晶をかき集めれば良い。

「あっ……でもこれ、疲れる……」

「うん、昨日よりちょっと疲れるね」

「当然でござる、これほどの力ならば。それがしどもが使いこなせるように精進する必要があるでござる」

「ふん、脳筋のくせに偉そうに」

「ならばイノシシのままでいれば良いでござる。それがしは主に報いるために強くなるでござる」

「私もそうする」

「べ、べつにしないって言ってないでしょ！　あたしだってご主人様のために強くなるんだから」

三人は仲良く言い合っていた。

これで……力は整った。

新・魔導戦鎧とも呼ぶべきものをこれから量産していって、自分達の国を守る力を手に入れる事が出来た。

☆

と、リアムは言うが、認識があまい。
鉄に命名する事も驚きだが、精霊に名前をつけた上で憑依させるとは更に驚きだ。
それで生み出される力を、リアムは過小評価しすぎている。
ギガース、人狼、エルフ。
三つの上位種族で、戦える者に『新・魔導戦鎧』が行き渡れば。
この時点でも、一国と渡り合えるほどの軍事力になる。
それをリアムは分かっていない。
ふふふ……だから面白い。
分かっていないリアムは、更に改良出来る方法はないかと、隙あらば考えている。
現状に満足せず、魔法を探求し続ける人間。
これならいずれ、我のことも魔導戦鎧に使えると気づくのだろうな。
ふふふ……つくづく面白い人間だ。

.62

街にテレポートで戻ってきて、ハンターギルドの前にやってきた。

「あっ！　リアムだ！」

「リアムくん」

パーティーを組んでいる仲間のアスナとジョディ。

二人は俺を見つけて、小走りでやってきた。

「どこに行ってたのさ、連絡も無しに。すっごい探したんだよ」

「なにか事件に巻き込まれてたの？」

アスナはプンプンと拗ねて、ジョディは俺の事を心配した。

「ごめん、ちょっといろいろと――」

「まあいいや、それは後で聞かせてよ。それよりもリアムくん、お金を頂戴」

「お金？」

ジョディは手の平を上向きにして差し出してきた。

「ほら、あたし達がリアムくんに預けてるあれ」

「ああ」

大分前に、スカーレットが俺を口止めしようとして渡してきた三〇〇〇枚のジャミール金貨。

三等分して、二人にそれぞれ一〇〇〇枚ずつ渡した。

二人はそれを保管する方法がないからと、俺に預けていたのだ。

「一〇〇〇枚出して。あっ、あたしとジョディさんが半分ずつで」

「アスナちゃん。ここで出すよりも、店に行ってから出してもらった方が良くないかしら」

「そうだった。ってことで、リアム、ちょっとついて来てくれる？」

アスナが聞いてきた。ジョディも俺を見つめてきた。

話はまったく見えないが、二人とも真剣そのものだったので。

「分かった。どこに行けばいい」

「こっちだよ」

アスナが先導して駆け出した。

俺とジョディはついて行った。

ポニーテールをなびかせ、風のように街中を駆け抜けていくアスナの姿は思わず見とれるくらい綺麗だ。

躍動感があって、彼女にとても良く似合っている。

一方のジョディはお淑やかな感じで、上半身をまったく動かさない走り方をしていた。

優雅に見えていても、アスナにぴったりとついて行けるほどの俊足。

二人とも、ファミリアの魔法で身体能力が上がっている。

しばらくついて行くと、アスナはある店の前に止った。

そのまま入る。

「おじさん！　あれ取っといてあるよね！」

中に入ったアスナの声は外にまで響く。

それで微苦笑していると、ジョディが俺に目配せして、一緒に中に入る。

そこは骨董品《こっとうひん》を扱っている店だった。

様々な骨董品が店の棚に並ぶ中、アスナは既に最奥の、カウンターの前に詰めている。

カウンターの向こうには、見事にはげ上がった、五〇代くらいのメガネを掛けた男が座っていた。

男は俺をちらっと見てから、アスナにいう。

「お代は？」

「リアムくん！」

「ああ、分かった」

ここで何か買い物をするんだなっていうことだけは分かった。

俺はカウンターに近づき、アイテムボックスを出して、ジャミール金貨一〇〇〇枚を出して、カウンターの上に並べた。

それをじっと見た店主の男は、

「……お前さんのためか」

「え？」

「ちょっと待ってな」

男は店の奥に入った。

一分くらいして、一冊の本を持って戻ってきた。

「ほら」

「ありがとう――はいリアム」

「え？」

「この街で持ち主がいなかったたった一冊の魔導書だよ。リアムくん、魔導書必要なんでしょ」

「俺のため、だったのか」

「おそらくは被っていないし、本物だと思うのだけれど……どう？」

「えっと……うん、初めての魔法だ」

魔導書を開き、中身を読む。

魔法の名前と、使い方と、その効果。

ざっくり目を通して、初めての魔法だと断定する。

同時に魔導書を媒体に練習を始める。

魔力の流れから、本物の魔導書だと確信する。

「そっか……ありがとう、二人とも」

☆

昼間から空いている酒場に入って、二人にこれまでの事を話す。

スカーレットに『約束の地』に連れて行ってもらって、そこに新しい村——国を作っていることを話した。

「それでしばらく連絡取れてなかった。ごめん」

「はぇえ……国かあ」

「そういうことなら仕方ないわね」

「というわけで、二人はどうする？　こっちに来るか？　それともこの街に残ってハンターを続ける？」

「何いってるのさ」

アスナはあきれ顔をした。

まあ、そりゃそう簡単に今までの生活は捨てられないよな——。

「行くに決まってんじゃん」

「え？」

「私達、リアムくんの使い魔だから。どこまでもついていくわ」

「ジョディ……」

アスナとジョディ、どっちも迷いなんてまったくなかった。

「分かった。後で一緒に行こう。改めてよろしくな」

俺は手を出して、二人と握手した。

「なんで後でなの？」

アスナは当たり前の質問をしてきた。

「ああ、今魔法の練習をしてるんだ。全ライン、、、で。もうすぐ完全にマスターするから、その後にテレポートで連れて行くよ」

「ええっ⁉」

「もうすぐマスターって、そんなに早く？」

一斉に驚くアスナとジョディ。

そっか、二人は知らないのか。

「魔法って、練習した回数でマスターするかどうかが決まるんだ。だから俺は、同時に魔法を練習することで」

「一気に回数を増やすのね」

「そういうことだ……よし」

さっきから練習を続けていた魔法の、発動を感じた。

「ダストボックス」

新しい魔法を使った。

すると、俺達の間にあるテーブルの上で、箱が次々と現われては消える。

回数はきっちり、俺の最大発動数である一九回。

「これで一九回分。今ので、発動時間が一時間弱から三分に縮まった」

「本当に？」

「ああ、見てて」

俺はもう一度詠唱を挟んで、一九回の魔法を魔導書で使う。

即席麺が出来上がる程度の時間、三分待つと。

「ダストボックス」

もう一セット、一九回の魔法を使った。

「これでマスター。ダストボックス」

最後にもう一度、仕上げに魔導書から手を離して、魔法を使う。

「す、すっごーい。一瞬だったね」

「こんな一瞬で魔法をマスター出来るのね……」

アスナとジョディは、俺がやってのけたことに驚き、興奮した。

「ねえ、それはどういう魔法なの？」

「アイテムボックスと似てる。ものはいくらでも入る——術者の魔力次第だけど」

「何か違うの？」

「入ってるものは腐る。アイテムボックスは中に入ってる限り腐らないけど、こっちはすぐに腐って、ものによっては朽ち果てる。しかも魔力次第で早く腐る」

俺は注文した魚料理をダストボックスに入れた。

一分待って、取り出すと——。

「くっさ！」

「ごめんごめん」

アスナが鼻を摘まんだので、すぐにダストボックスに戻した。

「とまあ、こんな感じで、ものを早く腐らせてしまう箱だ」

「ゴミ箱、なのね」

「そういうことだ」

「ねえねえ、使える魔法なの？」

アスナはきらきらした目で俺を見つめた。

頑張った、褒めてほしい。

って、いってる子犬のような目だ。

圧倒的に何かに役立つわけではないが、そこそこ便利だと、俺は彼女を褒めようとした——その時。

パリーン。

隣のテーブルで、別の客がグラスを落とした。

地面に落っこちて割れたグラス、飛び散るワイン。

「——っ！」

俺は立ち上がって、ぱっと駆け出した。

「リアム!?」

「リアムくん？」

驚く二人をよそに店から飛び出す。

街中を回って、果物を売っている店を見つける。

そこで葡萄《ぶどう》をありったけ購入して、ノームを呼び出して、土で器を作りながら移動する。

別の店で瓶を購入して、最初の器に葡萄を入れて、絞る。

絞った葡萄ジュースを瓶に入れた。

ここで、二人が俺に追いつく。

「どうしたのリアム、いきなり」

「これ、今作った葡萄ジュース」

「え？　ああ、うん」

頷くアスナと、「それで？」って顔のジョディ。

俺は葡萄ジュースに封をして、ビンごと、ダストボックスにいれる。

そして待つこと、五分。

ボックスから取り出して、ふたを開ける。

「わああ……」

「ワインの匂いだわ」

驚く二人。

そう、ダストボックスを使って、ジュースを一瞬で発酵させてワインにした。

「すごい！　一瞬でワインを作ってしまうなんて」

「こんな使い方もあるのね……もしかして、いま思いついたの？」

「ああ」

「リアムすごい！」

大興奮するアスナ。

最初はあまり使い道がないと思っていたが、これなら話は別だ。

よく使われている醤油とか、野菜の漬物とか、東の国の特産品であるミソとか。

もちろん——ありとあらゆるお酒とか。

発酵するものは、ダストボックスを使えば短期間で大量生産が出来る。

かなり、使える魔法だ。

.63

俺はアナザーワールドの中でダストボックスのテストをしていた。

ダストボックスの中から、次々と封をした瓶を取り出す。

瓶は全部で一〇本、中身は葡萄ジュース——いまはワインになっているものだ。

そして、ラベルが貼られていて、俺が書いた番号が振ってある。

それぞれ一、二、三……一〇までの番号だ。

『一〇』の瓶は最初に入れた物で、一〇時間前に入れている。

そして『九』はその一時間後、九時間前に入れた物だ。

そのまま順に入れていって、最後の『一』を入れて一時間経ってから、全部取り出した。

ダストボックスに入れた物は、急速な勢いで腐敗、発酵する。

腐敗と発酵は原理は一緒で、人間がほったらかしにしたのが腐敗で、望む方向性にコントロールしたのが発酵だと前に聞いた事がある。

そのダストボックスの腐敗と発酵がどれくらいの速さで進むのかのテストだ。

俺はあらかじめ用意したグラスで、まずは『一』のワインの封をあけて、グラスに注いで、飲んだ。

「ふむ」

しっかりと味わってから、今度は『二』を注いで、同じように味わう。

「なるほど」

大体分かった。

念のために『三』も飲んで、飛び飛びで、『五』と『一〇』をチェック。

貴族の五男、このリアムの体に乗り移る前の俺は、晩酌がささやかな楽しみの普通の人間だった。

酒の味は分かる。ちゃんと味わえば、それがどれくらいの時間をかけて作られたものなのかが分かる。

それが分からないと、安酒をつかまされたり、偽物をつかまされたりするからだ。

「前世の経験、というべきなのかなあ」

俺は苦笑いしながら、作ったワインを飲み比べる。

ものすごく分かりやすかった。

ラベルが『一』の一時間入れた物は一年物の味がして、『一〇』の一〇時間入れた物は大体一〇年物の味とコクがある。

他の数字も、大体その数字が年数分になった物の味だ。

つまり、ダストボックスの中は、一時間が約一年分くらいの速さで流れる効果がある。

「……五〇年物とか飲んだことないけど」

作って、ジェームズとかにも見てもらうか。

☆

村の西に数キロ行った先にある、小さな森。

ここに村総出で果物をもぎにきた。

いろんな酒を造りたくて、そのためには果物が大量にいるので、『約束の地』の先住民であるガイやクリスらに聞いて、この森に連れてきてもらった。

村に移住してきたアスナやジョディ達も交えて、果物を収穫している。

青空の下、木漏れ日が差し込む森の中で、一〇〇人近くが果物の収穫に精を出している。

収穫は順調。この分なら、全部酒にしないで、みんなで食べる分もあるな――なんて思っていたその時。

「があああああ!!」

いきなり悲鳴が聞こえてきた。

ギガースの誰かの声だ。

まわりが戸惑っている中、俺はぱっと悲鳴の方に向かって駆け出した。

森の入り口近くで、収穫に使った大量の籠の近くでギガースが襲われていた。

二メートルくらいのマッチョなギガースが、一回り小さい男に組み付かれ、首を噛まれている。

「やめろ！――っ！」

叫んだが、向こうはまったくやめるつもりはない。

ギガースがそいつを振り回すが、首に噛みついたまま離れない。

パワーミサイル、一七連。

俺は疾走とともに魔法を放って、相手の男を狙った。

一七発のパワーミサイルが全弾命中して、男をギガースから引き剥がした。

吹っ飛ばされて、地面に何度もバウンドする男。

起き上がると、こっちを一瞥《いちべつ》して、そのまま逃げるように去っていった。

「待て！　お前は何者だ！」

俺は追いかけようとしたが――。

「ゴン！　しっかりするでござる！」

背後から切羽詰まった声が聞こえてくる。

振り向くと、ガイがさっきのギガース――ゴンの体を揺すっていた。

ゴンは地面に倒れてぐったりしている――と思いきや。

「がはあああ！」

いきなり、豹変《ひょうへん》したかのように暴れ出した。

「ぐっ！　どうしたでござる！　それがしでござるよ！」

暴れるゴンを、ガイが力尽くでおさえつける。

騒ぎを聞きつけて、他のみんなが森の中から出てくる。

俺も二人に近づく。

よく見ると、ゴンの目は正気ではなかった。

顔が紙のように真っ白で、目に光はないが、血走っている。

そして、首筋には二つの穴があって、そこからだらだらと血が流れている。

「これ、どういうことなんだ？」

「それがしにも分からないでござる」

「この様子は……状態異常系なのか？」

俺はそう判断して、魔法を使う。

初級神聖魔法・オールクリア。

全ての状態異常を治すラードーンの魔法を、ゴンにかけてみる。

神聖魔法の光がゴンを包み込む。

するとそれまで暴れていたのが、すぅ、と大人しくなる。

「おお、おおおぉぉ……」

やがてゴンは完全におちついて、まるで眠りについたかのように目を閉じて、寝息をたてだした。

「かたじけないでござる！」

ガイはゴンを放して、俺にぱっと土下座した。

それほどの感謝の気持ち――なのはいいが。

「どういうことなんだ？　これは」

「もしかして、バンパイアじゃないのかしら」

様子を見に出てきたみんなの中から、ジョディがそんな事を言った。

「それはないでござる」

ガイが真っ先に否定して、その後にクリスも続ける。

「そうだよ。バンパイアは昼間に動けないんだよ。あいつら、日光を浴びたら灰になるんだから」

「でも、ドラキュラがいたら？」

「「あっ……」」

更に新しい名前を出すジョディに、ガイもクリスも言葉を失った。

「その、バンパイアとドラキュラはなんなんだ？」

「バンパイアはモンスターの一種で、さっき彼らが言ったように、昼間は日光を嫌って行動出来ないの」

「ふむ」

「様々な特殊能力を持っているけど、一番やっかいなのは、噛んだ相手を同じバンパイアにしてしまう事。感染、と呼ばれているわ」

「ええ、やっかいよ。基本的には、一度感染したら手の施しようがないのだけど……」

ジョディはゴンのそばにしゃがんで、そっとゴンに触れて――まるで脈を取るかのように触れてから、俺を見つめた。

「それを治してしまうなんて……すごいわリアムくん」

ジョディがそう言うって事は、かなりのものなんだな。

その分、俺は全ての状態異常を治すというオールクリアに更に自信をもった。

「それで、ドラキュラは数百年に一度しか生まれないバンパイアの変異種。ドラキュラがいると、バンパイアはその力に統率されて強くなって――なにより日光に弱いという弱点がなくなるの」

「やっかいだな」

「ええ、やっかいな相手が現われたみたいね」

ドラキュラとバンパイア。

もっと、情報が欲しいな。

.64

村の中央広場に、俺と、レイナ、クリス、ガイの種族ごとのリーダー、そしてアスナとジョディ。

六人が顔をつきあわせていた。

そこに、一人の人狼が慌てて駆け込んできた。

パワーもそこそこあるが、人狼はギガースとは正反対のスピード特化型。

その人狼――確かレオンと名付けた男の人狼が風の如く駆け込んできた。

「い、いました……大変な事になってます」

「どんな感じなのよ」

人狼リーダーのクリスがレオンに聞く。

「バンパイアが北に一〇キロのあたりで集まってました。数は少なく見積もっても一万を超えてます」

瞬間、みんながざわついた。

「一万……」

「ここのざっと一〇〇倍近いじゃないの」

「なあ、これって」

「さようでござる。バンパイアは血を吸った相手をバンパイアにして下僕にするでござる」

ガイがはっきりと頷いた。

俺に隠し事をしない上に、口調が口調だから深刻度が増している。

「その上相手が瀕死であっても、絶命する前に血を吸えば、傷と関係なく下僕化してしまうでござる」

「つまり、戦えば戦うほど、相手の戦力を吸収して数を増やしていく訳か。ってことは、一万人のバンパイアも？」

斥候に行ってくれたレオンを見る。

「はい、様々な種族の者がいました。全員、バンパイアにされた証に、我々のような鋭い牙を生やしてます」

「むぅ……」

「まるでイナゴね」

アスナがうげえ、といやそうな顔をした。

「それが全員、今の――」

俺は空を見上げた。

青い空、白い雲、容赦なく照り続けるまぶしい太陽。

「――真っ昼間にも出歩けるって事は、例のドラキュラってヤツがいるからなんだよな」

「間違いないでござる」

ガイがまたもや肯定した。

「だとしたら納得よ。バンパイアも、普通にこの土地に住んでて、みんなとは仲良くなかったけど、悪くもなかったから」

「そうなのかクリス」

「うん、ドラキュラが現われたせいで、その支配下に入って暴れ回ってんのね」

「今のうちに止めないと、ますます勢力が膨《ふく》れ上がって、手がつけられなくなるわね」

ジョディはほぅ……とため息をつきながら言った。

「かといって大勢で押しかけても、やられたらバンパイアになって、向こうの戦力になるじゃん？」

「ええ。少数精鋭で行くしかないわね」

アスナとジョディがそう言って、残ったみんなを見回した。

言いたい事は分かる。

レイナ、クリス、ガイのリーダー組。

そして自分達のようなユニークスキル持ちの人間使い魔組。

そして、俺。

この六人くらいの少数精鋭で戦った方がいい、と言う話だ。

「となると、ザコの相手は最小限にして、どうにかドラキュラを倒すしかないわね。ドラキュラさえ倒せば……？」

レイナはそう言って、ガイを見つめて答えを求める。

「最低でも昼間活動出来なくなるでござる。おそらくは以前のように敵対はやめてくれるでござる」

「やるしか無いわね」

「その前にだ」

俺は戦いの前にするべき事がある事を思い出した。

「ガイ、この『約束の地』にはまだ、他にも住んでいた者達がいるんだろ？」

「その通りでござる」

「クリス。人狼達の方が足が速い。その人達のところにみんなを走らせて、避難するように伝えるんだ」

「分かった。レオン、お願い」

「分かりました！」

クリスからレオンに命令伝達して、レオンは走り出した。

人狼達の家が固まっている辺りに走って行った後、間もなくバタバタと人狼達が動き出した。

全員、疾風《はやて》の如き速さで村から飛び出した。

「さて、本腰いれて戦わなきゃね」

「ヘマやって噛まれないでよ、脳筋」

「イノシシ女こそ。敵となったら容赦なく滅するでござる」

「リアムくん、何を考えているの？」

ジョディが俺に聞いてきた。

「ああ、ちょっとな。成功するかどうか分からないが、試してみたいことがある」

「それはなあに？」

「見てて」

ジョディに返事をしたが、俺が何かをする——って分かった途端、レイナらもおしゃべりをやめて、俺に注目してきた。

俺はアイテムボックスの中からハイ・ミスリル銀を取り出した。

ガイ達が集めてくれた鉱石の中から取り出した、豆粒大で一〇粒くらいのハイ・ミスリル銀。

とても貴重なものだ。

俺は、まずサラマンダーを呼び出してそれをとかした。

そしてイメージ。

魔導戦鎧作りで培った技術に加えて、作りたいものをイメージ。

「あっ……」

「どうしたの？」

「失敗した……まあいい、これはいつか使えるだろう」

失敗したとは言っても、既存のものとしては成功だ。

いつか使うこともあろうと、それをアイテムボックスの中に入れる。

そして、残ったハイ・ミスリル銀と向き合う。

残量は少ない、もう失敗は許されない。

さっきの失敗《成功》のちょっと手前、俺が欲しい物の分かれ道を意識して、慎重にイメージして魔法を使う。

すると――。

「よし、出来たか？」

「何が出来たの？」

「見てな――」

俺は作りあげた、豆粒大の薬みたいな感じのそれを、親指と人差し指で挟んで――つぶした。

瞬間、神聖魔法の光が放たれる。

放った後、ハイ・ミスリル銀を使ったそれが跡形もなく消えた。

「消えたわ……」

「こ、これは何でござるか？」

「オールクリアだ」

「それって、バンパイア化を阻止するあの魔法？」

「ああ」

俺は頷き、更に残ったハイ・ミスリル銀を使って、同じものを作った。

残ったハイ・ミスリル銀の分量で、丁度五つが出来た。

「古代の記憶っていうのがあって、俺のこの指輪と同じだ」

今でもつけている、マジックペディアをみんなに見せる。

「それって、魔導書だよね」

アスナがいって、俺は頷いた。

「そう、魔導書のようなものだ。本当は古代の記憶って呼ぶらしい。これって要は、魔法をマスターしていない人でも魔法が使えるようになるものだ。ただし本人の魔力と素質がいる」

「……なるほど、リアムくんは、誰でも魔法を使えるようにしたのね。ただし一回限り」

ハンターとしての経験が長いジョディはすぐに察しがついたようだ。

「そういうことだ」

「そんなの作ったの!?　すごい」

「さすがでござる」

「というか、これってもしかしてあたし達に……」

俺は頷き、五人に作ったオールクリア発動のハイ・ミスリル銀を渡した。

「五つしか作れないけど、みんなに渡せるのはよかった。万が一噛まれたら躊躇なく使えよ」

「――っ!! ありがとうリアム！」

アスナを筆頭に、全員が感激した目で俺を見つめたのだった。

.65

人狼達は、『約束の地』の各地に散っている、様々な種族の集落に走った。

バンパイアの上位種であるドラキュラが現われた。今すぐ避難して戦わないようにするべし。

そうやって、一斉に警告を発した――のだが。

☆

俺の目の前に一人の人狼が跪いていた。

男の人狼で、名前はジェイクだ。

オークらの集落に警告に走った彼は、戻ってきてがっくりしている。

村の中心で、俺と向き合うジェイク。

他の者達は遠巻きに俺達のやりとりを見守っている。

「ダメだったのか？」

「はい、話をまともに聞いてもらえませんでした。バンパイアみたいな、昼間に出歩けもしないもやしどもに負けるはずがない、って」

「……その自信、いやな予感がするな」

俺が苦虫を噛みつぶしたような顔をしていると、ジェイクは更に苦い顔で頷いた。

「はい、俺がもっと説得しようとしたところに、バンパイアの一味が襲ってきました。オーク達は迎撃したんですが、数に押されて、全員が噛まれてバンパイアにされました」

「……まいったな」

「それで……明らかに違うバンパイアが出てきたんです」

「なに？」

事態の急変――というにはもう終わっているが、それでも俺はちょっと動揺した。

「俺はオーク達が戦いだした時点で離れて見てたんですが、バンパイアどもは全員そいつに傅いてました。それで、そいつは倒されたバンパイア達に何か魔法のような事をすると、倒れたバンパイア達が全員復活してきました」

「そいつがドラキュラって訳か」

「はい、部下を復活させる能力と、それから」

「それから？」

「そいつが現われてから、その近くにいるバンパイア達は明らかに強くなってました」

そういったジェイクは更に消沈して、がっくりうなだれながら、

「それ以上はまずいと、逃げてきました……すみません……」

「いやいい。その場にいてバンパイアにされたら大変だ。逃げて正解だ」

「しかし……」

「それに、今の情報は大きい」

「え？」

驚くジェイク。

そこに同じ人狼である、彼らのリーダーのクリスが近づいてきた。

「だね！　部下を復活させられる力があるって分かったのはおっきいよ。ドラキュラ、そいつを真っ先に倒さないとだめって分かったのは大きい」

「あっ……そっか」

「いや、それだけじゃない」

「「えっ？」」

驚くクリスとジェイク。

ジェイクが持ち帰った情報で、俺は、バンパイア達と戦うビジョンが見えてきた。

☆

他の種族が忠告を聞かないとなると、速攻するしかなくなる。

時間がたてばたつほど、他の種族達が取り込まれていって、勢力がどんどん大きくなっていくからだ。

一万もあって、やられても復活出来る、実質数が減らない軍集団。

それに対抗出来る数と力は、『約束の地』の他の種族にはないとガイ達は断言した。

だから、このタイミングで止めるしかない。

レイナ、ガイ、クリス、そしてアスナにジョディの五人で、斥候の人狼がつかんだバンパイアの本隊が進行するルート上に待ち構えた。

ここは豊かな土地である『約束の地』の中では、一見何もない荒れ地だが、鉱石が多く埋まっている。

他の土地と違って、ここは開けていて、余計なものがなくて、戦いやすかった。

やってきたバンパイア――吸血鬼の集団は、軽く一万という数を超えているのもそうだが、様々な見た目の者達が入り交じっていた。

ジェイクが見てきた豚頭のオーク達もいれば、緑色の肌をした人間達の半分くらいのサイズの小鬼――ゴブリン達もいる。

様々な種族がいるが、共通しているのは口に収まらず、はみ出している鋭い牙を持っていると言うことだ。

遭遇して、即開戦となった。

五人はそれぞれの魔導戦鎧を纏っていた。

鉄の像を依り代に、中級精霊を憑依させた『新・魔導戦鎧』。

それを纏った五人は暴れ回った。

ガイは地面に拳を叩きつけて、『ガイアクラッシャー』を出した。

大地に走る巨大な亀裂が、一気に一〇〇人ちかいバンパイアを飲み込んだ。

それに、クリスとアスナのスピードコンビが乗り込んで、高低差のある地形で身軽さを活かして、次々とバンパイアを倒していく。

レイナは水と火の範囲魔法を使いこなして、まとめてバンパイアをなぎ倒していく。

それで撃ち漏らしたのを、ジョディが細身のレイピアで、舞うような優雅な動きで一体ずつ仕留めていく。

五人対、一万人。

スタートの局地戦では、五人が無双をしてバンパイア達を圧倒した。

五人が圧倒しているが、遠くで見ていてはっきりと分かる。

力を振るう度に、徐々に動きが鈍くなっていくのを。

当然だ、生き物である以上体力に限界がある。

「くっ、ここまでか。引け！　引くでござる！」

ガイの号令に従って、五人が一斉に引いた。

まだ余力を残した状態での撤退、わずかに追撃してきたバンパイアをなんなく倒して、五人は全力で撤退した。

その場に残ったのは、一〇〇〇体近い死体と、まだまだ大軍と呼ぶにふさわしい一万越えのバンパイア。

そのバンパイアの中から、現われる一人の中年。

遠目でも分かる程、優雅で気品にあふれる、美形の中年男だ。

そいつが現われた瞬間、バンパイア達は一斉に跪《ひざまず》いた。

そして——強くなる。

ジェイクの報告通り、遠目で見ていても分かる位、バンパイア達がそいつの影響で強くなっている。

そいつは、死体のそばでしゃがみ込んで、何かをした。

すると、死体はのっそりと起き上がる。

復活した。

やっぱり、こいつがバンパイアのボス、ドラキュラか。

それを確認、確信した瞬間、俺は動き出す。

上級神聖魔法・テレポート。

それを使って、五人が待ち構えていた場所——俺が一度立った場所、ドラキュラのそばに飛んだ。

そして、ドラキュラと一緒に、もう一度飛ぶ。

俺はドラキュラとともに、ラードーンが封印されていたあの森に飛んだ。

「これは……」

ドラキュラは渋い声でつぶやき、まわりを見る。

「眷属が一人もいない。どういう事だ」

そして、俺を睨《にら》む。

「お前を部下から引き離した。ここはあそこと一〇〇キロ離れている」

「貴様……」

静かな怒りで俺を睨むドラキュラ。

ドラキュラは近くのバンパイアを強化し、復活させる。

ならば――引き離す。

「小賢《こざか》しい真似を……」

俺を睨み、殺気を出してくるドラキュラ。

その反応を見て、自分の作戦――選択が大正解だったと確信し、心の中でガッツポーズした。

.66

「後は、ここでお前を倒していけば解決だ」

俺がそう宣言すると、ドラキュラは「ふっ」と笑った。

「私を倒す――果たして出来るかな」

「やってみれば分かる。念のために聞くけど……共存は考えてない――よな?」

「無論だ。全ての劣等種を喰らい尽くすまで、誰にも私を止める事は出来ぬ」

「そうか」

深呼吸して、憧れの歌姫達の名前を拝借した魔法を詠唱する。

パワーミサイル一九連を放った。

一九発の魔力弾が一斉に飛んでいく。

ドラキュラは優雅なたたずまいを崩さないまま、パパパパパ――と魔力弾を次々と弾き飛ばした。

空中で何かとぶつかって、弾かれて消滅する魔力弾。

ドラキュラが何をしたのかまったく見えなかった。

次の瞬間――殺気。

背筋が凍るほどの殺気が背中から伝わってきた。

「――っ！」

とっさの反応で、短距離テレポート。

立っている場所から二〇メートル離れた場所にワープする。

俺が立っていた所を見ると、背後にいつの間にかドラキュラが回っていて、鋭い爪を俺の背中から腹に向かって貫通するように突き出していた。

「やっかいだな、その魔法は」

「アメリア・エミリア・クラウディア」

二種類の魔法を同時に詠唱した。

テレポートと、ホーリーランス。

九回、テレポートして。

九回、あらゆる方角からホーリーランスを放つ。

全方位からの聖なる槍がドラキュラに迫る。

が——ドラキュラは二本までは防げたが、残りの七本がその体を貫いた。

更にその内の一本に至っては、ドラキュラの右腕を肘ごとズバッと切り落とした。

「やったか！」

手応えを感じながら叫ぶ——が、次の瞬間目を疑う光景が目の前にあった。

ホーリーランスが貫いた体は霧と化し、その霧が元の肉体に再結成した。

切り落とされた腕も、切断面の両方が霧化して、元のまくっついた。

肉体が再生した。

驚く事に、ドラキュラが纏っている高貴そうな貴族の服も、何事もなかったかのように復元していた。

「次はこちらから行くぞ」

「くっ！」

ドラキュラは更に霧化した。

一部じゃなく、全身が霧になって、こっちに迫ってきた。

テレポートでよける——が。

それを先読みしたかのように、背中に霧が現われ、ガッチリ肩をつかんだ。

そして――首筋に噛みついてくる。

「――幻影！」

とっさに魔法を発動。

契約召喚：リアム。

自分の幻影を呼び出した。

背後にすぅ、とにじみ出るように召喚された俺の幻影に、ドラキュラが噛みついた。

噛みついている間に、つかまれている腕を振り払って、距離を取る。

「ぐ、ぐあああああ⁉」

俺の幻影が苦しみだした。

健康的だった肌の色がみるみるうちに青ざめていき、目から光が失われて、牙が生えてくる。

俺の幻影が、バンパイア化している！

「解除！」

ぽわん、と音を立てて、俺の幻影が消えた。

「ほう、なかなか多彩な魔法を使いこなす少年だ」

ドラキュラは感心していた。

俺は再び仕掛けた。

切り札は残っている。

ガーディアン・ラードーンの魔導戦鎧だ。

それを纏えば、瞬間火力はざっと三倍近くまであがる。

だから、それを使うために、効果的にダメージを与える手段をまず見つけなきゃならない。

あれを使えば、俺は一瞬でガス欠に追い込まれる。

最後の切り札。

確実に決められると分かる様にならないと使ってはいけない。

通常の力押しは多分だめだろうと感じた俺は、詠唱無しの一七連で、様々な魔法を撃ってみた。

ファイヤボールやアイスニードルなど。

覚えている一〇〇を越えた魔法の中から、攻撃魔法をとにかくドラキュラに撃ち続けた。

中には効くものもあった。

炎が肌を焼き、岩の槍が貫いて骨が見える事もあった。

だが、それらのダメージは全て、霧化による再生で実質無効化されてしまう。

「無駄だ、私は不死身なのだよ」

「……」

「私は、この世の理から外れたる存在。命はなく、故に死も存在しない」

「命は……ない？」

「そのとおりだ」

ドラキュラはそういって、自分の腕を切り落とした。

切断面は人間のものと変わらなかったが、血は一滴も出なかった。

「この体はただのよりしろだ。空気中に漂っている『命』を吸い取って動くためのもの」

「……」

「私は生きてはいない。しかしこの世界に命が有る限り、私は不滅。攻撃をいくらしてこようが無駄なのだよ」

「生きて……いない」

その言葉を舌の上で転がし、吟味する。

「安心しろ、その絶望も、わが眷属《けんぞく》になれば跡形もなく消え去る」

ゆらりと、ドラキュラの姿が消えた。

今までに何度も見た、超高速移動だ。

次の瞬間、ドラキュラは俺のすぐ目の前に現われ、額をわしづかみにした。

口を開けて、鋭い牙を見せつけるようにして噛みついてくる――。

「――ダストボックス！」

魔法をとっさに唱える。

箱が現われ――ドラキュラを吸い込んだ！

アイテムボックス同様、生命以外のものを吸い込むダストボックス。

違うのは、箱の中で時間が経過する事。

そして、吸い込めないからこそ、箱の中にはあらゆる『生命』が存在しない。

アイテムボックスも、ダストボックスも。

出し入れ出来るのは術者である俺だけだ。

アイテムボックスと同じように、リストがあって、それに『ドラキュラ　一体』とある。

俺はダストボックスを出したまま、待った。

リアルで一時間経過すると、ボックス内では一年経過する。

だから、待った。

一〇時間《一〇年》たった段階で、リストが『ドラキュラ（仮死）一体』に変わった。

俺はこの時点で勝利を確信した。

そして、その通りになった。

五日ちょっと、一〇〇時間を越えた辺りで、リストがまっさらの——何も無い状態になって。

取り込める『命』がないドラキュラは、跡形もなく消え去ったのである。

.67

「ふぅ……」

俺はその場に深く座り込んだ。

ただ待っていた、といえばそうなのかも知れないが、ドラキュラが何らかの形でダストボックスを突破して出てくる可能性も充分に考えられた。

だから、一〇時間もの間、俺はずっと気を張り詰めっぱなしだった。

ドラキュラが消滅したと確信して、ようやく力を抜くことが出来た。

『一つの魔法でよく片付いた』

「そういう時もあるさ。一つで解決出来るんなら一つでいい。ファイヤボールを一〇〇個撃つよりも、イラプションか、ヘルファイヤみたいな広範囲魔法を一回撃つだけでいいときもある」

『ふっ……』

「なに？」

『なまじ同時魔法の才があるとそれに頼りっきりになるのが人間というものだが、お前は違うようだな』

ラードーンから、感心しているような感じが伝わってきた。

「ふう……夜……に、なってるな……」

ラードーンとの雑談で、昂ぶった神経が徐々に落ち着いてきて、ようやく森の中が完全に真っ暗になっていることに気づいた。木々の間から月がちょっと見えて、夜になっている。

そりゃそうだ、一〇時間も時間が経過すれば夜になる。

……さて、もどるか。

俺は立ち上がって、ズボンの尻についた土を払った。

こっちはカタがついた、向こうはどうだろう。

俺はテレポートした。

まずは村に飛んだ。

「あっ！　お帰りなさい」

村の中心地に飛んだ俺のところに、すぐさまジェイクが駆け寄ってきた。

「お疲れ。みんなは？」

「戻ってないです」

「そうか、分かった」

頷きつつ、俺は少しほっとした。

ドラキュラを俺が隔離するという戦術はレイナ達には話していないが、何かがあれば村に戻る、あるいは村のみんなをつれて避難するようにとは言っておいた。

何があっても、誰か一人は抜け出して村を――という風に命令した。

バンパイア達との戦いはちょっとだけ見ていた。

ドラキュラさえいなければ、一人残らず全滅することはない。

そう思い、俺は戦場になっているあの荒れ地に再びテレポートで飛んだ。

「リアム！」

「リアムくん」

飛んだ先に、アスナとジョディがいた。

いくつかのかがり火が焚かれているそこで、二人は俺に駆け寄ってきた。

「大丈夫だったのリアム」

「ドラキュラを倒したのね」

一応疑問形ではあるが、ジョディの語気はどちらかといえば確信していて、それを確認するような聞き方だった。

「ああ……こっちでなんかあったのか？」

「ええ、ちょっと前からあんな調子なのよ」

ジョディはそう言って、俺の背後をさした。

振り向いてみると、少し離れたところに、レイナ、クリス、ガイの三人がいた。

三人は体の至る所に激戦の跡がみえるが、大きな怪我はしていないようだ。

そして、その三人の向こうで。

立ったり倒れたり座り込んでへたったり。

様々な格好で呆然としているバンパイア達がいた。

「急に、バタッと動かなくなったの」

「ほらリアム、これ見て」

アスナはそういって、倒れているバンパイア――オークの姿のバンパイアを一人引っ張ってきた。

そいつの口を開かせて、鋭い牙にかるく触れると――牙がぽろっと取れた。

「全然力入れてないのにこれだよ」

「自然と取れたのもいるわ。だから、元締めのドラキュラを倒したんだわ、と思ったの」

「そうか。ってことは――支配から抜け出せたのかな」

「そう思う。夜だから分かりにくいけど、びみょーに顔色も良くなってるし」

「なるほど」

それは良いことだ。

ドラキュラに支配されていた一万人の『約束の地』の先住民。

それらをどう元に戻すのか、というのが懸案の一つだ。

ドラキュラがいなくなれば元に戻る――というのであれば言うことはない。

「後始末は残ってるけど、これでひとまず一件落着――」

――とは、行かなかった。

「うっ……」

「うぅ……」

「あぁぁぁぁぁぁあぁあぁあぁ」

あっちこっちからうめき声が上がった。

俺ではない、俺の仲間達《ファミリア》でもない。

直前まで、ドラキュラに支配されていた者達のうめき声だ。

背中がゾクッとするような、この世のものとは思えない気味の悪いうめき声。

「な、何。何が起きてるの？」

「リアムくん!?」

ジョディが珍しく切羽詰まった声で俺の名を呼んだ。

彼女の方を振り向き、視線を追っていくと、小鬼――ゴブリンが顔をかきむしって――消えかかっていた！

頭のてっぺんから徐々に薄くなって、光の霧になって空に昇っていく。

「なんだこれは」

『ドラキュラの魔力だ』

「知ってるのかラードーン⁉」

『その魔力が肉体を支配する。しかし魔力の大本が消滅した』

「――全員あとを追って消滅するって事か」

ラードーンは直接答えなかったが、暗にそうだと認めている口ぶりだ。

「くっ、何とかならないのか！」

俺は頭をフル回転させた。

パッとひらめいて、一番近くにいるゴブリンにオールクリアをかけた。

あらゆる状態異常を消し去るオールクリア。

ギガースが噛まれた時も、それで助けた。

それは効いた。

体が薄まって、『命の光』が流れ出ていたのが、代わりにドス黒い魔力が抜けていく。

これでいける！

俺はパッと走り出して、

「アメリア・エミリア・クラウディア」

詠唱と共に、最大の数でオールクリアをかけまくった。

「くうっ、足りない！」

詠唱を交えても全然足りなかった。

「ガーディアン・ラードーン！」

アイテムボックスからガーディアン・ラードーンを呼び出して、魔導戦鎧として身につけた。

同時魔法数が一気に倍になった。

それでオールクリアフル稼働――。

「くっ！」

それでも足りない。次々とオールクリアで助けていくが、それを上回るペースで、バンパイアにされた者達が『消滅』していく。

「くっ……うおぉぉぉぉ！」

『落ち着け』

「落ち着いていられるか――」

『さっきの話を思い出せ』

「――え？」

さっきの話……？

「――っ！」

ハッとした。
一つ深呼吸する。
消えかかっている者達を見つめる。
まだ九〇〇〇は確実にあろうかという大群を。
そして、イメージする。
ガーディアン・ラードーンの魔導戦鎧で魔力を高めて、一気に魔力を練り上げる。
単体のオールクリア、それに類する範囲魔法を。
パァン！
頭の中で聞こえる、何かが弾ける音。
次の瞬間、俺の体を中心に、神聖魔法の光が放射状に広がっていく。
その光に包まれたバンパイアは――『命の光』をせき止め、黒い魔力を押し出した。
「や、った……」
立っていられないほど大量の――全魔力を使い果たしたが。
俺は、成功を確信したのだった。

.68

「——はっ！」

目が醒めて、俺は慌ててパッと起き上がった。

体を起こして、まわりをきょろきょろしてから、パッと見あげる。

「よかった……」

い、い、まだ夜だ。

「何がよかったの？」

「アスナ、それにジョディ」

俺の横で、心配そうな、それでいてほっとしたような。

そんな顔の二人。

「もう大丈夫なの？　リアムくん」

「ああ。それより俺はどれくらい気を失っていた」

丸一日以上——という最悪の事態の可能性がまだ残っているので、それを最初に聞いた。

「一時間くらい気を失ってたんだよ！　心配したんだからね！」

アスナがそういう。

よかった、一時間ということは、まだ間に合うということだ。

俺は更にまわりを見回した。

「みんなは？　ドラキュラの魔力は消えたのか？」

「それなら大丈夫」

「ええ、みんな落ち着いてるわ。ほら、あそこに」

ジョディがすぅ、と手を伸ばした。

彼女がさす方角を視線で追っていくと、宵闇のなか、ぽつりぽつりと点在するたき火に照らし出される、モンスター達の姿があった。

モンスター達は大半が地べたにへたり込んでいて、疲れ果てている様子だ。

「とりあえず助かったんだな」

「うん！　ねえリアム、アレなんだったの？　すごかったんだけど」

「ぱぁ、と光があふれたと思ったら、みんなが助かったのよね。体が半分も消えてる者までも再生したわ」

「それはすごい光景だな」

俺が見えている範囲では、頭が消えているくらいだったが、もっとヤバかったのもいたみたいだ。

つくづく、間に合ってよかった。

「ご主人様！」

クリスがパッと走ってきて、俺に飛びついた。

半分タックルのような飛びつきで、そのまま組み敷かれるような体勢になってしまう。

「ご主人様大丈夫ですか⁉　大丈夫ですかご主人様⁉」

「落ち着け、大丈夫だ。魔力を一気に使い果たしたから倒れただけだ。もう休めたから大丈夫だ」

「本当に？」

「本当だ。それより、バンパイア達はどこにいる？　バンパイアにされた方じゃなくて、最初からバンパイアの人達」

「え？　えっと……」

クリスは俺から離れて、まわりをきょろきょろ見回した。

そこにエルフのレイナがやってきた。

「リアム様、バンパイア達を集めましょうか？」

「集められるのか？」

「一通り監視しております。リアム様が倒れた後は、村からも人手を呼び寄せて監視に当たらせました」

「そうか」

まわりを見る。目を凝らす。

言われてみたら、座っている者達からちょっと離れたところに、ぽつぽつとエルフや人狼、ギガース達の姿が見える。

俺は頷き、レイナにいう。

「それじゃ、まずはバンパイア達を呼んできてくれ」

「分かりました」

レイナが呼びにいった。

俺は立ち上がって、体のあっちこっちをチェックした。

魔力を一気に使い果たして倒れたが、幸いにもどこも悪くなったりはしていないみたいだ。

『ふふ……』

「ん？　どうしたラードーン」

『確かに、悪くはなっていない』

「……？」

どういう意味なんだろうと考えた。

ラードーンは、まわりくどい言い方を好む。

悪くはなっていない……よくなっている？

なにがよくなっているんだ？

「あ？」

俺は明後日の方角に向かって、空に向かって無詠唱パワーミサイルを放った。

「一段階伸びてる……」

「え？　あっ、本当だ。無詠唱で一九になってる」

「すごいわねリアムくん、また伸びたの？」

「今ので……限界まで振り絞ってやったからなのか……」

もう一度やってみる。今度は詠唱して、二三本を同時に撃ち出した。

またワンランク魔力が上がった。

これでやれることが増えそうだ。

それをチェックしているうちに、レイナが数人のエルフ達と一緒に、バンパイアを連れて戻ってきた。

純バンパイア達は、エルフと同じ、人間そっくりの姿だった。

肌色が夜でも分かるくらい悪くて、鋭い牙がついているのをのぞけば、ほとんど普通の人間と変わらない。

そのバンパイアはざっと数えて一〇〇人程度。

「これで全部か?」

「ええ。もともとこれくらいです」

レイナが頷き、答えた。

「ここから一万まで、雪だるま式に膨れ上がったのか……」

俺が感心しながらそうつぶやくと、先頭のバンパイアがガバッと俺に土下座した。

「頼む！　みんなを見逃してくれ」

「え?」

「全部俺が責任を取る！　俺の首一つでみんなを見逃して欲しい！」

男は必死に俺に懇願した。他のバンパイアはざわざわしている。

「……いや、別に責任がどうとか、それを追及するつもりはないんだ」

「え？」

男はきょとんとして、両手両膝をついたまま顔をあげて、俺を見あげる。

「その様子だと、操られていたんだろ？　ドラキュラに」

「そ、それは……そうだが……」

「だったら追及してもしょうがない。それよりもだ」

「そ、それよりも」

ごくり、と生唾をのんで、身構える男。

他のバンパイア達も同じだ。

「ドラキュラの力が抜けたから、このままだとまた昼間には外を出歩けなくなるよな。どうなんだ？」

「それは……そうだけど」

「昼間出歩けるようにしてやるから、こっちに加われ」

それが、俺が目を醒ましてから、まだ一日経ってないかどうかを確認した理由だ。

一日経って、昼間がやってきてしまうと、ドラキュラの力を失った純バンパイア達が日光を浴びて消滅するかもしれない。

それを、何とかしようと考えている。

腹案も、もちろんある。

「えっ」

そんな俺の提案を聞いた男は固まった。

表情も、体も。

びしっ、とまるで石化したかのような勢いで固まった。

「勘違いするな、ドラキュラと同じことをする訳じゃない。俺に逆らうな、内紛するな。それ以上のものを押しつけるつもりはない」

「私達と一緒ね」

「仲間が増えるね！」

レイナとクリスが笑顔でそう言った。

男の石化が徐々にとけてきた。

「いい……のか？」

「ああ」

「……」

男は土下座したまま振り向いて、他のバンパイア達を見た。

一同は目線で意見交換をさっとした後、全員がそろって土下座した。

「「「お願いします!!」」」

「ああ」

俺は頷き、最初の——多分リーダー格の男に向かって行き、手を突き出した。

「ファミリアね」

ジョディがつぶやく。

「を、ちょっと改良する」

「え？　どういうことリアム」

「見てな」

これまでの、いわば集大成のものだ。

魔法を学んだ。

そして魔法を作った。

魔導戦鎧を知った。

その魔導戦鎧を作った。

魔導戦鎧の作り方に、自分の意図する方向性にアレンジする方法を覚えた。

それを、ファミリアで同じことをする。

俺がファミリアを使うと、使い魔契約した者達は進化する。

その進化を——誘導する。

「ハイ・ファミリア」

新しく編み出した魔法をバンパイアにかける。

進化の方向性は、日光を浴びても大丈夫になること。

「今日からお前はアルカードだ」

名前をつけると、男——アルカードはノーブル・バンパイアに進化した。

.69

大陸、某所。

貴族の屋敷らしき部屋の中で、男が二人、ローテーブルを挟んで向き合って座っている。

片方は初老にさしかかった男。ロマンスグレーをオールバックにした髪型、深く刻まれた皺《しわ》に縁取られた落ち着いた瞳は、持ち主の思慮の深さをよく表している。

もう片方は対照的に若く、活動的で、感情が先行するタイプの男だ。

その二人の間のテーブルの上に、手の平サイズの人形が置かれていて、それが腰から折れていた。

「すみません、まさかドラキュラが一人の人間にしてやられるなんて……」

若い男が恐縮しきった様子で許しを乞《こ》う。

「気に病むことは無い」

「しかし、ダールトン様のご計画、ドラキュラをしかけて、モンスターどもを暴れさせて出兵の大義名分を得るこの計画が頓挫したのは……」

「それはもういい。問題は、それを倒した男だ」

「リアム・ハミルトン……」

「トドメは分からないのだな?」

「はい……何をどうやったのか、皆目さっぱりで……途中の戦闘に関してはダールトン様に見ていただいたそれがありますが……」

二人の視線は、ローテーブルの上に置かれているもうひとつのもの、台に乗せられた水晶玉に向けられた。

水晶玉の中には、リアムとドラキュラの戦闘が映し出されている。

「これはまずい」

「え？」

「一七連の同時魔法、それに竜の力、さらには自動で装着されるあの鎧」

水晶玉に映し出される、監視役が持ち帰った映像を見て、ダールトンは眉をひそめた。

「あれは一種の……人の皮をかぶった化け物だ」

「そ、そんな！」

「個人の武力としては、大陸最強級だろう」

「――っ！」

「状況が変わった。情報が欲しい。しばらく監視を続けさせよ。あの土地を手に入れるのはそれからだ」

「は、はい！」

若い男が慌てて部屋から飛び出して、ダールトン一人が残った。

残ったダールトンは、水晶玉に映し出されるリアムをじっと見つめながら、

「時代の変わり目に必ず現われる化け物……果たしてそれは英雄か、それとも魔王か……」

ダールトンは、憂いと恐れを帯びた瞳で、リアムの姿をじっと見つめ続けた。

☆
「ふぅ……しんどかった」

俺は建設中の街の中心で、両手を後ろにつき、地べたに足を投げ出して、だらっとしていた。

ついさっきまで、みんなの名前をつけていた。

バンパイアと違って指定進化の必要が無いから、ファミリアの魔法で契約をしつつ、名前をつけていた。

——ざっと、一万のモンスター達に。

最初は普通につけていた。

種族ごとのリーダーも、パッと見た感じのイメージですんなりとつけられた。

しかしそれが徐々にキツくなる。名前がネタ切れになってくる。

しまいにはスライム一号、スライム二号——って感じでつけようかという、悪魔のささやきが頭をよぎったほどだ。

さすがにそれはかわいそうなので、後半は——例えばリアムから始まったとして、リアムル、リアムラ、リアムガ……って感じでつけていった。

そうやって、丸一日かけて名付けを終わらせて、今、ぐったりしている。

「りあむさまりあむさま」

「これみて、これみて」

「ん？」

たどたどしい、舌っ足らずな口調に呼ばれて振り向く。

そこに、二体のスライムがいた。

厳密には、名前をつけてファミリアでスライムから進化したスライム・ドスだ。

ただのゼリーみたいな軟体動物だったスライムが、目と口が出来て、舌っ足らずながらもしゃべれるようになった。

「どうした、スラルン、スラポン」

「りあむさまにあげる」

「あげる」

二体のスライムは、まるで「ぺっ」って感じで、体の中から何か吐き出してきた。

何事かと思って吐き出したものをキャッチする。

それは、木製の俺の人形だった。

木彫りの人形にありがちなカクカクしたエッジはなくて、ものすごくなめらかな感じの人形だ。

……なるほど、スライムの体の中で『溶かして』作ったから、木彫りとちがってなめらかなのか。

にしても……結構似ている。

特産品になるくらい素晴らしい出来映えだ。

「ありがとうな」

「りあむさまだいしゅき」

「しゅきしゅき」

スラルンとスラポンは俺に懐いてきた。

まるで子犬の様な懐きかたで、ちょっとほっこりして、癒やされた。

俺はスライム達に癒やされながら、まわりを眺めた。

俺は休んでいるが、まわりはせわしなく動き回っている。

ファミリアで一気に一万人と契約した。

彼らが住むための、村を――街に拡大している。

種族としては一番数が多く、手先の器用なエルフ。

そのリーダーのレイナに建設系の事は一任することにした。

それ以外はガイらギガースに『約束の地』の警戒、巡邏《じゅんら》を、狩りが天職であるクリスら人狼に食糧の確保を。

それぞれ、担当を決めて仕事を投げた。

それが、見た感じうまくまわっている。

建設中の、建物の骨組みがどんどん増えていって、街の拡大がはっきりと目に見えて分かるようになってきた。

「主よ」

「ん？　ガイか、どうしたんだ？」

やってきたガイを、俺は座ったまま、スライム達と戯れながら見あげる。

「人間が主に面会を求めているでござる、いかがいたそう」

「人間が？」

「はっ、主の命令通り巡回をしていたら遭遇した。この国の王にお目通りをと申し出てきた。会われますか。キスタドールの商人と名乗っているでござる」

「商人か……会った方がいいな」

俺はそう思い、立ち上がった。

「ん？」

「どうしたでござる？」

ガイが首をかしげてきた。

「この国の王って？」

「さよう、そう言っていたでござる」

「いやそうじゃなくて。それを聞いて俺に持ってきたのか？」

「はい」

「俺、王じゃないぞ」

「何をいっているでござるか。主は我らの主、ここの王でござる」

「えっと、いつの間にそうなったんだ？」

その話は後回しにしたつもりなんだけど……。

「皆に聞くでござる！」

ガイはものすごい大声を出した。

瞬間、活気で賑わっていたまわりがシーンと静まりかえって、こっちを注目した。

「それがしは、この国の王はリアム様だと思っているでござる。異論のあるものはいるでござるか？」

ガイがいうと、歓声があがった。

「ないぞ！」

「当たり前だよね」

「なんでそんな事をわざわざ聞いてくるんだ？」

様々なモンスターから返ってきた返事は、賛成一色のものだった。

「りあむさま、おうさま」

「おうさまつよい、おうさまかっこいい」

スラルンとスラポンも、変わらない調子でそんな風に言った。

『ふふっ……よかろう』

「へ？　よかろうって何が？」

聞き返したのもつかの間、ラードーンは俺の体に入ってから初めて外に出た。

半透明――よりはちょっと実体より。

七五％透明くらいの感じで、巨大な竜の姿で顕現した。

そして。

『我、黄金竜ラードーンの名において宣言する』

ラードーンの言葉に、一瞬静まりかえったが。

『リアム・ハミルトンをこの土地の、この国の王として認める』

反動をつけて、より大きな歓声になって盛り上がったのだった。

.70

スカーレットの屋敷の中。

王国の内情をさぐるため何日かくれ、と言ったスカーレット。

その時に言われた日にちが経ったから、俺は彼女に会いに来た。

部屋の中、スカーレットは窓際の椅子に座って、窓の外を眺めている。

なにやら黄昏《たそが》れている……？　アンニュイな雰囲気を出している。

「どうした、何かあったのか？」

「あっ……お待ちしてました」

聞くと、スカーレットは俺の事に気づいて、パッと立ち上がった。

俺は彼女に近づき、真っ正面から見あげる。

やっぱり、何かを抱えている人間のような表情をしている。

「何かあったのか？」

と、もう一度聞いてみた。

「はい、ここ数日、色々と探っておりました」

「うん」

「何も分かりませんでした……けど」

「けど？」

「国王陛下から大臣に至るまで、皆が何かを隠しているのは確かなのです。あの土地から手を引きたくない。それだけははっきりしているのですが、その理由が分かりません」

「なるほど……あそこに何か秘密が隠れている、ってことなのかな」

「十中八九」

スカーレットははっきりと頷いた。

「何か心当たりはないか、ラードーン」

『……』

ラードーンは答えなかった。

「どうでしょうか」

「……心当たりがないといってる」

「そうですか……」

「多分、人間側の都合だろう」

「そうですね。神竜様が気にも留めないような、俗っぽい事の可能性が高いです」

「その事はひとまずそれでいい。手を引くつもりはまったくない、って分かっただけでも大きな収穫だ」

「はい」

「それで、まだここにいるか？　あっちに戻るか？」

「もうしばらくここで」

「分かった、また様子を見に来る」

俺はそう言って、スカーレットを置いて、テレポートで街の外に戻ってきた。

遠くからでも分かる建設ラッシュと活気。

それを尻目に、一人になったところで、ラードーンに再び聞く。

「あるんだろ？　心当たりが」

『なぜ、そう思う』

「お前が沈黙を守っているからな。今までお前は嘘はついてない。嘘をつかない人間が沈黙するっていうのはそういうことなんじゃないのか？」

『……なぜ今聞いた』

「そりゃ、スカーレットに話して良いことならさっき答えただろう。俺に話しても意味のないことなら今も沈黙したままだろう」

『意外だな……その洞察力。一二歳の少年とは思えん』

「……」

『ふっ、そこで答えぬ、か』

ラードーンは楽しげに笑う。

答えないのは俺自身分からないからだ。

気がつけば、晩酌だけが楽しみの人間から、貴族の五男の体に乗り移ったのだ。

その理由がなんなのかも分からないし、人に話して良いのかも分からない。

だから、黙った。

『リアムよ、お前は、ガーディアンがどんな意味なのか知っているか？』

「ガーディアン？　ガーディアン・ラードーンのガーディアンか？」

『うむ』

「確か……守護者、って意味だっけ」

『何を守護する』

正解とも不正解とも言わずに、ラードーンは更に聞いてきた。

「そりゃ……魔導戦鎧になってお前を……え？」

言いかけて、「それは違う」と自分で否定した。

「お前は守られる存在じゃない。あれは……武器だ」

『……』

「魔導戦鎧としてのガーディアン・ラードーンは武器だ、守護者じゃない。守護者……？」

俺は考えた。

そしてハッとして、テレポートで飛んだ。

ガーディアン・ラードーンがいた、あの地下洞窟に。

「ここで何を守ってたんだ？」

『魔力で空間を満たしてみろ』

「魔力で空間を？」

『この前のレベルアップで、足りる様になっているはずだ』

意味は分からないが、とりあえず言われた通りにした。

魔力で空間を満たす。

魔法を使うのではなく、魔力をとにかく放出して、この地下洞窟を満たしていく。

しばらくして、体が脱力を覚えたのとほぼ同時に、ごごごごご——と地鳴りがしだした。

地面が大きく割れて、下に続く階段が現われる。

俺は躊躇なく下に向かった。

ラードーンに対する信頼がそうさせた。

ラードーンの『魔力で空間を満たせ』という言葉の意味は、それだけではない。

空間を満たした先の行動もやるべきで、やっていいことなのだ。

だから、俺は迷いなく階段を降りていった。

階段を降りきると、そこは上の階の、倍近く広い空間だった。

俺は空間の広さよりも、もっと別のことに気づいた。

「これは……古代の記憶？」

『よく気づいたな。そう、古代の記憶。この空間そのものが、あれと同じものになっている』

「ってことは、ここに魔法がある？」

『カラス、という鳥を知っているか？』

「へ？　知ってるけど」

それがどうした、って思った。

『あの鳥は、光り物を巣に集める習性があるらしいな』

「あ、ああ。そうらしい」

『竜も、似たようなものだ』

「へ？」

『ここは竜の巣、古代魔法——禁呪を集めた空間』

「古代魔法……禁呪……本当か!?」

ラードーンの言葉に、ワクワクする響きを感じた。

憧れの魔法。

古代魔法、禁呪。

もう、わくわくしか感じない。

『魔力の大きさ次第で、封印が徐々に解かれる。この封印を解いた人間は、この数百年でお前が初めてだ』

「一つ目の……」

それもまた、ワクワクさせる響きだ。

一つ目ということは、他にももっともっとあるって事だ。

『ふふっ、そっちに興味がいくか』

「そっち？」

『ふっ……まずはやってみろ。古代の記憶が目の前にあるのだ』

「ああっ！」

俺はこの空間の、古代の記憶から古代魔法を読み取ろうと試みた。

.71

「なるほど」

どんな魔法なのか、どうやって使うのか。

それを読み取るのは、今までの魔導書やマジックペディアと何も変わらなかった。

だから、一瞬で読み取れた。

『分かったのか』

「ああ」

『なら、やってみるといい』

俺は頷き、その魔法を少しでも早くマスターするために、同時魔法数一九をフルに使って、発動させようとした。

その瞬間、空間から多数の丸い物体が現われた。

青色をした、拳くらいのサイズの丸い物体で、空中にふわふわ浮いている。

まるでシャボン玉だ。

そのシャボン玉は、ゆっくりとこっちに近づいてきた。

「なんだあれは」

『……』

ラードーンは答えなかった。

故に俺は警戒を強めた。

ふわふわと飛んでくるそれを、身構えつつそっと指先で触れた。

触れた瞬間、パチン、とこれまたシャボン玉のように弾けて割れた。

割れただけで、体にダメージが来るような事はなかった。

――が。

「魔法が……キャンセルされてる？」

『その通りだ』

ラードーンがあっさり認めた。

シャボン玉に触れた途端、俺が同時に発動している一九の魔法はすべて消えた。

同時に、他のシャボン玉も消えた。

「……」

詳細が知りたい。

今度は新しい魔法を、一ラインだけ発動。

すると、また同じようにシャボン玉が多数現われて、ふわふわ飛んできた。

今度は少しだけ大胆に触ってみた。

ハエを追い払うくらいのアクションで、シャボン玉を払う。

触れた瞬間、さっきと同じように弾けて、同じように魔法がキャンセルされて、他のシャボン玉が消えた。

更にテストをする。

初級神聖魔法・オールクリア、初級火炎魔法・ファイヤボール――。

様々な魔法を使ってみたが、シャボン玉は出てこなかった。

「つまり、ここの魔法を練習しようとすると邪魔しに出てくるわけだ」

『そういうことだな』

「……なら」

俺は再度魔法を発動した。

そして、邪魔するシャボン玉が出てきた途端、テレポートで脱出。

「ダメか」

地上——真上に飛んだのだが、魔法はキャンセルされる。

再びテレポートで戻る。

シャボン玉が無い状態で魔法を再発させ、今度はアナザーワールドを使って、その中に入る。

「これもダメか」

魔法はやっぱりキャンセルされた。

『あの空間自体が古代の記憶だ』

「マスターするまでは魔導書は手放せないもんな……」

やっかいだが、納得と言えば納得だ。

俺はアナザーワールドから出た。

あのシャボン玉を何とかしなきゃいけない。

一旦地上に出てから、再び戻ってくる。

魔法を使うと、シャボン玉が出る。

シャボン玉に向かって、地上で拾ってきた石を投げつけた。

ふわふわと浮いているシャボン玉は、吹けば飛ぶような儚さに見えて、葡萄くらいはあるそこそこの石を投げて当てても割れなかった。

弾かれたシャボン玉は、俺に向かってふわふわと飛んでくる。

「マジックミサイル」

魔法を使って、シャボン玉を撃った。

撃たれたシャボン玉は弾け飛んだ――が、倍に増えた。

一つが割れて、二つになった。

「物理は無効、魔法は吸収増殖、か」

『うむ。それをかいくぐって、魔法をマスターしていく――という試練だ』

「なるほどな」

『ちなみに、時間経過でも増えていくのでそのつもりでな』

「……嫌だけど納得だよ」

俺は納得した。

ラードーンが直前に『試練』って言ってたから、そうなる事は思いっきり納得した。

魔法は最初覚えるまでに時間がかかる。

それを邪魔するために、時間経過とともにやっかいさが上がっていくのはものすごく納得だ。

『通常は、いかに魔力が高かろうとも、それに依存することなく、体術なども鍛える――というコンセプトだ』

「なるほど」

『ふふ、お前なら問題ないだろう。同時魔法が使えるのだ。地道に一ラインでここの魔法を練習し、他のラインを迎撃に回せば、楽にマスター出来るだろう』

「……いや、もっと良い方法がある」

ラードーンが示した攻略法にただ乗っかるだけじゃなく、その上をいく攻略法を思いついた。

『ほう?』

ラードーンは興味津々、って感じで俺の出方を見ていた。

「契約召喚:リアム」

俺は、自分の幻影を召喚した。

「任せた」

「任された」

自分の幻影と頷きあって、俺は新しい魔法の練習を始めた。

一九ライン。

一つを契約召喚に、残った一八を新しい魔法にまわす。

青いシャボン玉が多数出てきた。

それを、俺の幻影が一九連パワーミサイルで撃ち抜く。

パワーミサイルに撃たれたシャボン玉は弾けて分裂したが、弾け飛んだ分、シャボン玉は押し出されて幻影と距離を離された。

向かってきたシャボン玉を幻影が押し返す。

分裂したり、途中から増えたりして、数が徐々に増えていく。

幻影はそれを一九連同時魔法で押し返し続けた。

途中から任せても大丈夫だと思った俺は、新しい魔法の発動に専念する。

最初の発動まで――一時間。

幻影が稼いだ一時間で、俺は魔法を発動した。

「アブソリュート・フォース・シールド」

解き放つと、目の前に透明の盾が一八個一気に現われた。

「どうだ？」

「多分、五分くらいまで縮んだ。一八回の発動で」

「五分か、余裕だな」

「頼む」

俺は更に一八回魔法の練習を始めた。

五分後、一気に発動して――マスターした。

アブソリュート・フォース・シールド。

この空間のシャボン玉と同じ性質を持つ。

一回だけなら、あらゆる物理攻撃を無効化する防御の魔法だった。

.72

一旦地上に出た。

あそこでは魔法を使う度に邪魔が入るから、地上でやることにした。

テストのために、俺の幻影を呼び出した。

「ってわけだ、頼む」

「ああ」

俺の幻影と頷きあった。

以心伝心よりも、更に一つ上の段階にある俺と幻影。

召喚する直前の記憶を持っているから、俺がやりたいことを当たり前の様に向こうも分かっている。

幻影は俺から、五メートルほどの距離を取った。

「行くぞ」

「来い――アブソリュート・フォース・シールド」

俺が魔法を使う。

目の前に、淡い青色の魔法障壁が現われる。

幻影はそれを確認したあと、地面におちている小石を拾って、投げてきた。

幻影の魔力は高いが、体力はそこそこだ。

投げた小石は、ゆるい放物線を描いて飛んできた。

そして魔法障壁に当たって――パリーン！

ガラスの様に、障壁が弾け飛んだ。

小石は完全に防がれ、跳ね返されている。

「次、行くぞ」

「ああ」

更に頷くと、幻影はアイテムボックスを使った。

そのアイテムボックスの中に、人間と同じくらいの大きさの大岩を入れる。

そしてアイテムボックスを一旦消して、俺の上に召喚。

大岩が、アイテムボックスから出されて、空から降ってきた。

「アブソリュート・フォース・シールド」

同じ魔法を使う。

物理攻撃を完全に防ぐという触れ込みの魔法障壁を。

障壁は大岩を完全に防いで、弾いたあと消えた。

「次」

「うん」

障壁を出すと、幻影は小石を二つ拾って同時に投げてきた。

障壁はそのうちの一個をはじき返して消えて、もう一個を素通しした。

俺は飛んできた小石をキャッチした。

「大体そういうことだな」

「そういうことみたいだな」

俺は幻影と頷きあった。

アブソリュート・フォース・シールド。

物理攻撃を『一回分』完全に防ぎきる障壁。

今のテストで分かったが、強い攻撃でも、弱い攻撃でも。

威力とまったく関係なく『一回分』までは防げる。

巨大な岩一つなら防げるが、小石二つだと一つを素通ししてしまう。

「次――マジックミサイル」

「アブソリュート・フォース・シールド」

幻影が撃ってきた初級魔法は、ただの魔力弾だ。

それに対して障壁を張ったが、まったく防げずに魔力弾を素通しした。

「魔法はまったく防げないってことだな」

「どんなに弱くてもだめだな。分かりやすくていい」

とことん、物理攻撃に対応する魔法だ。

そして一回っきり、という前提を設けたことで、おそらくはどんな攻撃でも防げてしまうことだろう。

「本気で行くぞ」

「よし」

幻影は足元から次々と小石を拾って、どんどん投げてきた。

俺は一九連の同時魔法を最大限に活用して、アブソリュート・フォース・シールドを次々と張った。

小石一個につき障壁が一枚。

次々と割られて、次々と新しいのを張っていく。

応用。

一枚につき一撃しか耐えられないのなら、相手の手数と同じかそれ以上の速さで張ればいい。

それで完封出来る。

「戦場だと、数十から百くらいの矢が一斉に飛んできそうだな」

「アスナなんかにも効かないかもな、彼女が肉薄した時の手数は、今の張り方よりもずっと速い」

「実用化する時の課題だな。発動の速さと、同時発動の数」

「どっちも魔力を上げれば解決出来そうだ」

幻影と頷き合う。

自分が二人いることで、あっという間にアブソリュート・フォース・シールドの検証と、その先の課題が見えてきた。

アブソリュート・フォース・シールドはこれで一旦終了させ、幻影を解いて「ふぅ」と息を吐いた。

『見事だ、この一瞬でほぼ完全に自分の物にするとはな』

「尖った性能だから、使いやすいよ」

『次の階はアブソリュート・マジック・シールドが封印されている。性能は想像の通りだ』

「なるほど……」

『もっと魔力をあげて、封印を解くといい』

「ああ、そうする」

これで一旦話は終了し、村に戻ろうと思った。

「……いや、違う」

『なにがだ?』

「……」

俺は考えた。

ひらめきを頭の中にまとめた。

「アブソリュート・マジック・シールド、性能は俺が考えてる通りだよな」

『うむ。念のために言おう。魔法攻撃なら、なんであれ一度は防げる障壁だ』

ラードーンが説明してくれたのは想像通りの性能だった。

物理と魔法を入れ替えただけの代物。

「だったら、出来る」

『なにが?』

「……そうか、この封印の仕組みは、お前が作ったのか」

『……そうだが、それが?』

ラードーンはまだ気づいていないのか。

まあ、自分が仕組みを作ったんなら、それに囚われてもおかしくはない。

俺は、一九ラインを全て使って、『開発』した。

既にベースはある。

　アブソリュート・フォース・シールドが対物理だというのは既に習得して知っている。

　アブソリュート・マジック・シールドが対魔法なのは教えてもらった。

　その程度の違いなら、イメージ出来る。

　作る事が——出来る。

　俺は一九ラインでテストしつつ、微妙に違うところを修正する。

　物理を防ぐ為の魔力展開から、魔法を防ぐ為の魔力展開に修正する。

　一〇回も失敗しないうちに——もう出来た。

「アブソリュート・マジック・シールド」

　目の前に、淡い赤色の障壁が現われる。

「これでいいのか？」

『……』

「ラードーン？」

『素直に脱帽だ、といっておこう。古代魔法をその様な形で習得するとはな』

　ラードーンは、驚き半分感心半分で、俺を褒めてくれた。

　アブソリュート・マジック・シールドの再現に成功したと、俺は確信したのだった。

.73

「……」

俺はその場にとどまって、ゆっくりと魔力を放出していた。

地下空間で封印を解くためにやっていたのと同じこと。

魔法として魔力を使うのではなく、ただただ、魔力を放出した。

『何をしている』

「体を――いや、鼻をならしてる、って言った方が感覚的には近いのかな」

『鼻をならす？』

「魔力のありなしを感じとるためのトレーニングだよ」

『ふむ。二種類の障壁を瞬時に使い分けるためだな？』

ラードーンは一瞬で理解した。

そう、二種類の障壁を使い分けるためだ。

アブソリュート・フォース・シールド、そしてアブソリュート・マジック・シールド。

それぞれ、物理と魔法を完全に防いでしまう障壁魔法。

完全に防いでしまえる代わりに、対応していない方は完全に素通ししてしまう。

それを効果的に使うには、瞬時に相手の攻撃が魔法攻撃か物理攻撃かを見極める必要がある。

俺は魔力を自分で放出して、魔力を感じ取るトレーニングをした。

『常に二種類張っていればいいのではないか』

「ってのを教わった」

『ふむ？』

いきなりなんだ？　って雰囲気を出しながらも、余計なツッコミはしないで、先を促して答えを待つラードーン。

「さらに聞くところによると、商人の子供は独自の教育で九九かける九九まで覚えさせられるらしい。九九九九《くくくく》――ってなるのかな。理由は金勘定のためにあった方がいいから」

『それで？』

「九九が分かってなきゃ、例えば二かける五は二たす二たす二たす二たす二――で一〇だ。それがラードーン、お前が今言ったような、常に両方張っとけばいいってことだ。出来なくは無いが、余計な労力がいる」

『うむ、たしかに一瞬で見極められるようになった方が効率的ではある』

「そういうことだ」

憧れの魔法の事に関しては妥協はあまりしたくない。

俺はしばらくそれをやって、『動く物』が魔力を帯びているかどうかが分かるようになるまで続けた。

☆

テレポートで街に戻ってくると、ますます建造の勢いが増す街中で、アスナが俺に向かって駆けよってきた。

「あっ！　リアム！」

「どうした、なんか焦ってるみたいだけど」

「ガイがリアムを探してる。出来たらすぐにきてくれって」

「ガイが？　分かった。場所は」

「ポイント一七」

「分かった」

俺は頷き、頭の中からポイント一七となる場所を思い出す。

モンスターが増えたことで、街の規模が大きくなったのはもちろんだが、『約束の地』の中での行動範囲も同じように広がった。

そこで、俺に何かをしてほしい時や、俺が出張らないといけない時は、いくつかの前もって決めておいたポイントで待つ事にしている。

そのポイントは俺がいったことのある、つまりテレポートで飛べる場所。

ポイント一七の場所を思い出した俺は、テレポートでそこに飛んだ。

飛んだ先は広い草原、これからの舗装を待つ、パルタ公国に続く街道を整備していく予定の場所だ。

そこにガイ達ギガースと、立派な馬車を中心にした大名行列があった。

馬車のそばを武装した兵士が守っていて、それとギガース達が向き合って――にらみ合っている。

「ガイ」

「主！　待ってたでござるよ！」

呼ばれて、俺に気づいたガイはこっちに走ってきた。

同時に、向こう側の人達がざわつく。

ガイが『主』と呼んだのを聞いての反応だ。

「どうしたんだ？」

「パルタ公国の使者、と名乗っているでござる」

「使者」

「大事な用があって、主に謁見を申し込んできてるでござる」

「えっけん」

聞き慣れない言葉に、俺はその意味を理解するまで一〇秒ちかくかかってしまった。

「あー……うん、そっか」

一応ここの王って事になってる俺にあいたい、ってことか。

「分かった。向こうの責任者は？」

「馬車のそばにいる男でござる」

ガイにそう言われて、馬車の方を見た。

それらしき男と目があった。

すると、その男はこっちに向かってきた。

俺の前で頭を下げて、深々と一礼する。

「ご尊顔を拝し、至極光栄に存じます。わたくし、エクス・ブラストともうします」

「えっと、リアムだ」

下のハミルトンは名乗らない方がいいと思って、上の名前だけにしておいた。

「エクスさんは、俺に何の用があるんだ？」

「我が主、大公殿下の命を受けて参りました」

「はあ……」

「大公殿下の望みは一つ、フローラ様とリアム陛下との結婚でございます」

「……結婚？」

「さようでございます。ところで、ジャミールのスカーレット王女との婚礼は既に？」

「え？　ああ、いや……」

俺は少し迷って、ごまかしながら答える。

「いろいろ事情があって、もう少し先になる」

「さようでございますか。我が公国、大公殿下は後払いのようなケチな事は致しません」

「へ？」

エクスはすぅ、と手をあげた。

兵士の一人が馬車に近づき、中に向かって何かをささやいた。

直後、垂れ幕が上がって——一人の姫が馬車から降りた。

一目で分かる、上質なドレスを纏ういかにもお姫様って感じの少女。

「リアム陛下が望めば、今この場でフローラ様を」

「引き渡すってのか？」

エクスは深く頷いた。

そんな事って……あるのか？

先払いとか後払いとか、そういう問題なのか？

というか、結婚ってそんな感じでするものなのか？

貴族の考えることはよく分からない。

分からない——から。

「とりあえず、えっと……街の方に来てくれ。ここじゃゆっくり話も出来ない」

「おお、受け入れてくださるのですね」

「いや、えっと……」

「ありがとうございます。大公殿下もおよろこびになるでしょう」

「えっと……」

いきなりの事に俺が戸惑っていると、話が更に速度を上げてものすごい急展開になった。

「と、とにかく。まずは街に——」

ぞわっ――。

ものすごい悪寒が、背筋を一気に駆け上っていった。

何事だ――と熟考する暇もなく体が動いた。

「アブソリュート・マジック・シールド！」

魔力を感じた。

その魔力の方向に向かって、絶対防御の魔法障壁を張った。

直前に見たのは、フローラ王女のそばに現われた、一体のモンスター。

火の玉の様なモンスターは、空中に浮遊していたが、魔力が一気に高まって――そのまま爆発した。

魔力を伴った爆風が巻き起こった直後。

爆心地を中心に巨大なクレーターが出来上がっていた。

そしてそのクレーターの中に、へたり込んで呆然となっているフローラ公女と、吹っ飛ばされて倒れて気絶する兵士達がいた。

「なんだ、今のは」

『スサイドエレメント』

「え？」

『術式で起爆する人造モンスター。お前の反応が少しでも遅れていたら、今頃あの少女は肉片に変わっていたな』

ラードーンは、俺を褒める様な語気で言った。

いや、そんな事よりも。

「誰がそんな事を⁉」

『ふふ……誰だろうな。この場にいない誰かなのかもしれんな』

ラードーンがいつも通り遠回しにいう。

すると、俺は気づく。

フローラ公女と兵士達はいきなりの事でまだぽかーんとしていたが。

エクスの姿が、どこにも見当たらなかったのである。

.74

「エクスがやったのか？」

『というより、それを命じた人間だろうな』

「ど、どういう事だ？」

『さてな。黒幕は推測出来るが、人間の事はよく分からん。特に貴族という人種は奇っ怪極まるのでな』

「貴族……」

ラードーンが分からないのなら、分かる人に聞けばいい。

「ガイ」

「はっ」

それまで離れたところにいたガイが駆け寄ってきた。

「お呼びでござるか」

「少し離れる。ここを守っててくれ。フローラはなんとしても守れ、兵士は出来たら守れ」

「承知でござる」

ガイは頭を下げた後、ギガースに号令を飛ばした。

ガイの指示で、ギガース達はテキパキと動いて、この場を守る陣形を構えた。

それを確認した俺は、テレポートでスカーレットの屋敷に飛んだ。

「あっ」

いつもの部屋に飛ぶと、メイドと出くわした。

顔見知りの、俺の事を知っているメイドだ。

「スカーレットはいるか？」

「ひ、姫様は沐浴中です」

「そうか。話があるから、終わったら来てくれと伝えてくれ」

「分かりました！」

どうやら掃除をしていたらしきメイドは、手元の掃除道具を置いて、慌てて部屋から飛び出した。

待つ事数分、メイド以上の慌ただしさの足音がドタドタと響いてきた。

風呂上がりの、スカーレットが現れた。

「すみません、お待たせしてしまって」

「いやいい。こっちも急に来たんだからしょうがない。それよりも聞きたいことがある」

「はい、何でしょうか」

「現場を見てもらった方がいいかもしれない。一緒に来てくれ」

「分かりました」

承諾したスカーレットを連れて、テレポートでポイント一七――事件の現場に飛んだ。

この短い間で、ギガース達は気を失っている兵士達をひとまとめにして、フローラを別にして、それぞれ監視、護衛していた。

「これは……」

その光景と、爆発して出来たクレーターを見て、表情を強ばらせるスカーレット。

「あの娘、パルタ公国の公女、フローラというらしい」

「フローラ？　そんな名前の公女は聞いた事がありません」

「なに？」

真顔で話すスカーレットは、嘘を言っているようには見えない。

「どういう事だ？」

「どういう事なのですか？」

「ああ……実はさっき、エクス・ブラストって名乗る男が来てな、公国がフローラって公女を俺の妻にしたいって言ってきた……ジャミールに対抗して」

「エクス・ブラスト……その名前は聞いたことがあります」

「本当か？」

「パルタ大公の懐刀、ただし暗部の仕事をひき受けている男です」

「暗部……。で、俺がとりあえず受け入れた後、彼女のそばにえっと……スサイドエレメントというモンスターが現われて、爆発した」

ラードーンから聞いた名前をスカーレットに話す。

すると。

「……そう来たか」

「何がだ？」

「口実作りでございます」

「口実作り？」

「魔物の国に公女を輿入れし、しかしその公女は魔物によって無惨に殺された」

「……攻め込む口実か」

「はい」

『人間は面白いことを考える』

ラードーンがつぶやく。

言葉とは裏腹に、苛立ちが感じられた。

スカーレットも同じような怒りを見せ、強ばった表情で気を失っているフローラに近づいていき、顔をのぞき込む。

「……あっ」

「なに、どうしたの？」

「この子、知ってる」

「そうなのか？」

「ええ……大公陛下の庶子だったはず。認知していない、隠し子の様な存在の子よ」

「本当か？」

「はい……ちょっと確認します」

スカーレットはそう言い、フローラのドレスの上をぺろりとめくった。

俺は慌てて顔を背けた。

「な、何をしてる」

「ああ、本人です。乳房の横にほくろがあります」

「なんでそんな事を知ってるんだ？」

「大公陛下が認知していないからです。認知されていない庶子は、いつか必要になった時の為に、体の特徴だけ伝えられていることがよくあることなのです」

「そ、そうなのか」

しゅるり、と衣擦れの音がした。

横目でスカーレットがドレスを元に戻したのを確認してから、ほっとしてフローラを改めて見る。

スカーレットがドレスをめくったからか、フローラは「う、ん……」と呻いて、ゆっくりと目覚めた。

「ここ、は……」

茫然とする瞳で、まわりを見回して、様子を把握しようとする。

「大丈夫か？」

「はい……ここは……天国、ですか？」

「勝手に死ぬな。助けた甲斐がなくなる」

「助けた……？」

「分からないのか、というか知らされてないのか、モンスターが爆発したの」

「あっ――」

直後、フローラは「かっ」と目を見開いた。

ぱっと立ち上がり、俺達から距離をとる。

「は、離れて下さい！」

「どうした」

「私から離れて下さい！　危険です」

「まだあるのか、爆発するのが？　それなら大丈夫、魔法の爆発ならいくら来ても防ぐから」

「そうじゃないです！　これ！」

フローラは袖をめくって俺に見せた。

彼女の手首の内側――静脈がインクを引いたかのように、真っ黒になっていた。

「の、呪いがかけられているんです。万が一爆発で死ななくても、呪いの伝染で！」

「二段構え……ひどいやり方……」

スカーレットが不機嫌そうに吐き捨てる。

「助けてくれてありがとうございます！　助けてくれた人をまきこめません！　私から離れて下さい」

「……」

「な、何をしてるんですか。早く！」

「呪い？」

「呪いです！」

「……オールクリア」

俺は手をつき出し、あらゆる状態異常を消し去る神聖魔法を彼女にかけた。

魔法の光が彼女を包み込んで、静脈の黒い筋が綺麗に浄化されていく。

「え？」

「これで大丈夫だ。他にまだあるか？」

「だ、大丈夫って……呪いを解いたんですか？」

「ああ」

「うそ……絶対に解けない呪いって言ってたのに……」

絶句するフローラ、それに対して。

「主は神聖魔法の使い手、呪いなんてないような物よ」

スカーレットは、不機嫌さを残しながらも、ちょっとだけスカッとした顔で威張っていた。

.75

「本当に……呪いがなくなった……？」

フローラは自分の手を見つめ、未だに信じられない、って顔をしている。

「安心しろ、もう大丈夫だ。ちなみに聞くが、それってどんな呪いなんだ？」

「えっと……私に見せられたのは、近くにいた魔物の姿になるものでした」

「近くにいた魔物の姿に？」

「はい。それで、元々の魔物は、その人間がなってしまった魔物の命令に従ってました」

『グールリキッドを持ち出してきたか』

「知ってるのか、ラードーン」

即座に聞き返す。

ラードーンの事を知らないフローラがビクッとした。

そのフローラにスカーレットが説明をする傍らで、俺はラードーンの言葉に耳を傾ける。

『一種の呪詛アイテムだ。効果は今その娘が話したとおり』

「そんな物があったのか」

『何かを思い出さぬか』

「何かって、何が？」

『……』

ラードーンは答えなかった。

こういう反応をするって事は、今までと同じように、答えが俺の中にあるパターンだ。

だから俺は考えた。

フローラが話した、『近くにいた魔物の姿になる』『魔物がそいつの命令に従う』というキーワードで、記憶の中からそれらしき物を探す。

「……ドラキュラ」

ぽつり、とつぶやいた。

『ふっ』

ラードーンは笑った。

この感じ……正解って事か。

「つまり、ドラキュラの一件もパルタ公国が絡んでるってことか？」

『確証はない。ジャミールやキスタドールとやらも使っているかもしれんしな』

「……みんなここが大好きなんだな」

俺はふう、と息を吐いて、苦笑いした。

「あ、あの……」

「ん？」

「私は、これから……」

フローラがおずおずと聞いてきた。

俺は少し考えて、

「国に誰か人質にとられてたりする？」

「え？　人質ですか？」

「うん、そういうのもやってきそうだから」

「それは大丈夫ですけど……」

「なら、うちに来い。二度とパルタ公国の連中に手出しされないように、俺が守るから」

「えっ……あ……はい…………」

最初は驚き、次第に頬を染めて、うつむきかげんで小さく頷くフローラ。

彼女を、このまま引き取る事にした。

☆

夜、アナザーワールドの自宅の中。

またちょっと広くなったアナザーワールドに、スカーレットがたずねてきた。

家のリビングで向き合うと、彼女はおもむろにきり出してきた。

「大変失礼な言い方になってしまいますが……主は舐められてます」

「舐められてる？　パルタにか？」

「まわりの三カ国全てにです」

「なるほど、まあ、そうだろうな」

俺はふっ、と笑った。

舐められてるってのはちょっと悲しい話だが、ここ最近の出来事を見ているとそんな感じはする。

「ここは一つ、御力を顕揚すべきだと考えます」

「けんよう」

『アピールするという意味だ』

今ひとつ理解出来ないでいると、ラードーンがそっと教えてくれた。

「俺の力をということか？」

「はい。出来ればこの国の力も、同時にまわりに見せつけられれば一番です」

「そりゃそうだな。で、何をすればいい？　ケンカを売りに行けばいいのか？」

「まずは、貨幣を発行するべきだと思います」

「貨幣って、金をか？」

「はい……主に以前見せていただいた鋳造《ちゅうぞう》の薔薇――あれはお手元にございますか？」

「ないけど――ちょっと待って」

俺は魔法を複数、同時に使った。

アイテムボックスを使って、大量にストックしていた鉄の延べ棒を取り出す。

ノームを呼び出して、型を作らせる。

サラマンダーを召喚して、鉄の延べ棒を溶かして型に流し込む。

一瞬のうちに、あの鉄の薔薇を作り出した。

「これでいいのか？」

「はい、さすが主でございます。この瞬間に新しいものを、このレベルの精巧さで作りあげるなんて……ますます貨幣を発行するべきだと確信しました」

「どういう事だ？　分かりやすく説明してくれ」

「はい」

スカーレットは頷き、手をすぅーと差し出して、テーブルの上にじゃらん、と数枚の銀貨をおいた。

全てが見覚えのある、ジャミール銀貨だ。

「これがどうしたんだ？」

「ここには三種類の銀貨があります」

「なに？」

俺は驚いて、銀貨を改めて見つめた。

「……ああ、なんかすっごい模様がくっきりしてるのと、ぼやけてるのがあるな」

「ご名答でございます」

スカーレットはそう言って、まず一番絵がくっきりしている銀貨をとった。

「こちらは王宮から拝借してきました、オリジナルのジャミール銀貨です」

「オリジナル？」

「これを使って、大量に型を作ります。量産するための型が——これです」

そういって、別の銀貨を手に取る。

「ああ、ちょっとだけぼやけてるな」

「はい、そしてこの型をベースに、各地の鉱山で再鋳造したのが、この一般的に流通するジャミール銀貨です」

「なるほど、これが一番ぼやけてるな」

「複製をするたびにどんどん模様がぼやけていきます。子供が遊ぶ芋ハンのように、判をついていくとドンドンぼやける——あれと同じことです」

「なるほどな」

「銀貨の銀含量はもちろん、模様の鮮明度は技術力のあかし、国力の象徴でもあります」

「……ああ」

俺はようやく、話をつかめてきた。

さっき作った鉄の薔薇はそういうことか。

「つまり、俺が流通レベルに使う物でも、全部オリジナルレベルのくっきりした感じに作ればいいんだな」

「おっしゃる通りでございます。主がおっしゃるケンカ——戦争をしかけるよりもよっぽど、大義名分があって、強烈に力を訴えかける事が出来ます」

「よし、やろう」

そういうことなら、断る理由はない。

☆

数日後、ジャミール王国領の、ミストルという街。

その街の両替ギルドに、アスナとジョディの二人がやってきた。

両替は一般人はほとんど利用しない。立ち入るのは様々な商人達ばかりだ。

故に、両替ギルドは街で一番豪華な建物になっている場合がある。

そこにアスナとジョディは、カートに積んだ、数箱の銀貨を持ち込んだ。

ぎっしりとつまった数箱の銀貨。

それを見たギルドマスターが、自ら二人に応対した――のだが。

「これは……どこの貨幣でしょう」

はじめて見る、リアムの横顔が描かれた貨幣を見て、眉をひそめる初老のギルドマスター。

「リアム王国って知ってる？」

「『約束の地』、に出来たばかりの国です」

「……本物ですか？　これ」

ギルドマスターの表情が変わった、まわりもざわざわした。

『約束の地』に魔物の国が出来たことは、情報命の商人達ならみな掴んでいる情報だ。

「そのうち出回るけど、その前にどんなレートで両替してくれるのかを見てもらおうって思ってさ」

「……これは」

銀貨をマジマジと見つめるギルドマスター。

一枚とって、また一枚とる。

別の箱からも一枚とって、全部の箱の銀貨を見比べていく。

「これは……流通用なのですか？」

「うん」

「全部、このクオリティになるわよ」

「信じられない……こんなの、銀含量も模様の鮮明度も、すべてジャミール銀貨を上回っている……」

「でしょう。ふふん、リアムはすごいんだから」

アスナはまるで子供の様に、自分の事のように得意げになった。

「どうかしら」

一方で、ここに来た目的を遂行するために、ギルドマスターに答えを要求するジョディ。

「……一対三」

しばらく考えたあと、ギルドマスターはそういった。

「全てがこのクオリティであれば、ジャミール銀貨の三倍の価値になるだろう」

「「「おおお……」」」

技術力を高く評価した鑑定結果に、その場にいる商人達が一斉に感嘆する声をあげたのだった。

.76

「銅貨も見てくれるかしら」

ジョディがそういうと、一旦外に出て、荷馬車に積んでいる箱をギルドに持ち込んできた。

リアム銀貨を既に見ている者達は、どんな銅貨が出てくるのかと固唾をのんで見守った。

ジョディはギルドマスターの前に箱を置いて、ふたを開ける。

箱びっしりに詰め込まれた銅貨、ギルドマスターはそれを手にとって鑑定する。

手に持って重量を量ったり、匂いを嗅いだり、ノックのような仕草をして、耳元で音を聞いたり。

そして、最後にマジマジと見つめて、

「こ、この色合い……この銅貨、銅の含有量は？」

と、おそるおそる聞く。

すると、またまたアスナが得意げに言い放つ。

「五割だよ。他はスズと鉛とかだね」

「ご、五割だって!?　それでこのくっきりさ!?」

ギルドマスターも、その場に居合わせた商人達も。

全員が、さっき以上にざわついたのだった。

時は、少しさかのぼる……。

☆

スカーレットは片手に鉄の薔薇を持ったまま、もう片手には俺が今し方試しに作った、俺の横顔を描いた銀貨を持って、マジマジと見つめていた。

「さすがでございます。絵柄も、銀の純度も申し分ありません。これなら主の技術力のよきアピールとなりましょう」

「そうか」

銀貨を俺に返して——鉄の薔薇は返さずにスカーレットが更に続けた。

「次は銅貨です。銀貨と違って、銅貨は純銅を使う事はありません。ほとんどが銅の合金の——青銅を使います」

「ふむ、何でだ？」

「青銅は、銅とスズを混ぜた物を言います。スズが少ないと柔らかくて鋳造しやすいですが、多いと硬くなって、鋳造しにくい」

「なら、スズを少なくすれば良いんじゃないか。なんでわざわざ混ぜる」

「古来より、銅貨にはある問題が存在します。銅貨を溶かしてただの銅にした時の価値が、大抵銅貨の額面価値より高いのです。なので、価値の低いスズを混ぜます」

「多く混ぜると、溶かしても割に合わなくなるって訳だな」

スカーレットは頷く。

「なるほど。むかし銅貨をどうこうしたヤツがつかまって、さらし首にされたのを見た事はあるけど、そういうからくりがあったんだな」

「はい。銅貨も国が発行します。国が金をかけて発行した銅貨を、溶かされた上にそれだけで儲けになるのは許しがたいことです。国の威信にも関わります。ほぼ例外なく、どの国でも貨幣の破壊、溶融は極刑です」

「ふむ。だったら、スズ……とか、他の安い金属を大量に混ぜればいいんじゃないのか？　鉛とか」

とにかく安い金属、ということで俺はまず鉛を思い出した。

「おっしゃる通りですが、そこにはもうひとつの問題点が生じてしまいます」

「なんだ？」

「スズの含有量が多くなると、硬くなって、鋳造しにくくなります。厳密にはくっきりとした絵柄になりにくいです」

「ああ」

なるほど、銀貨と同じ話に繋がる訳だな。

「一枚二枚というレベルなら丁寧に作ればどうとでもなりましょうが、貨幣というのは――」

「大量に発行する物だからなぁ」

「はい。スズを増やすと、銅貨の金属としての純価値を下げられますが、模様の不鮮明さで信用も下がってしまいます。かといってスズを減らして銅の比率を上げてしまうと――」

「今度は価値が上がりすぎて、危険を冒してでも暴利を狙うヤツが出てくる、と」

「はい。ですので、ジャミールでは銅の比率を六五％程度としています。この割合が、模様の鮮明さと、価値のバランスが一番釣り合いが取れてます」

「ふむ」

「主の技術力ならば六五％をちゃんと混ぜるのは造作も無い事でしょう。魔導戦鎧に金属はおろか、精霊や魔力さえも混入させてしまいましたから」

「そうだな」

「そして、その割合でジャミール銅貨より鮮明な模様の銅貨を作れるでしょう。それでまた、主の技術力をアピール出来ることでしょう」

「なるほど」

俺は頷いた。

おそらく、ジャミール銅貨の割合は国家機密だろう。

使っている人間で貨幣に詳しい人間――例えば両替商なら推測も出来るだろうが、六五％という数字は機密になるだろう。

それを教えてくれたスカーレットは、「それでやって見せて欲しい」という期待の眼差しで俺を見つめていた。

「こちらにジャミール銅貨も用意しました、比較用に――」

「ああ、それは使わない」

「え？」

驚くスカーレット。「なぜ？」って顔で俺を見つめる。

「六五%では作らない」

「な、何故でしょう」

「もっと良い方法があるからだ」

俺はにやりと笑って、銀貨の時と同じように、アイテムボックス、ノーム、サラマンダーの順で魔法を使って、銅貨を作っていく。

まったく同じ手順で、使う金属だけを変えて。

出来た銅貨は白銀色をしていた。

「えええ!?」

それを見た瞬間、スカーレットは更に驚いた。

「どうした」

「この白銀色……ス、スズの比率は？」

おそるおそる聞くスカーレット。

「ああ、比率で色が変わるのか」

「はい、ジャミール銅貨は赤みがつよい色合いになります。白銀色は……ま、まさか五〇%？」

「そうだ」

俺はふっ、と笑った。

説明する前に色合いで気づいたスカーレットはさすがだと思ったが、当の本人はそれどころじゃないみたいだ。

「五〇％で……この鮮明さ……これも、全てこの感じで量産が……？」

「ああ」

迷いなく頷くと、スカーレットは盛大に感動した様子で俺を見つめた。

「さすが主。五〇％のものをこの鮮明さで量産が出来るのは、おそらく世界中で主だけです」

スカーレットは、技術力アピールになると、太鼓判を押してくれた。

.77

「何を読んでいらっしゃるのですか、主」

街の外れで、六ラインで銅貨を鋳造しながら手紙を読んでいると、近くに寄ってきたスカーレットが聞いてきた。

「手紙だよ。ハンターギルド経由で、ハンターが届けてきたものだ」

「ハンターギルド経由？」

「ああ、ここは魔物達の街だろ？　そのせいで危険な場所だと思われてて、手紙はハンターギルドから依頼されたA級ハンターが届けてきた」

「そうでしたか……どのような内容なのですか？　主にそのような複雑な表情をさせるなんて……」

「顔に出てたか」

俺は自分の顔をぺたぺたと触って、ますます苦笑いしてしまう。

スカーレットにそんな指摘をされる位だから、よっぽどの表情をしていたんだろうな。

俺は読み終えた手紙をスカーレットに差し出した。

スカーレットはそれを受け取って、目を通す。

「アルブレビト……主の兄となる、あの？」

「ああ、あの」

俺は頷く。

スカーレットはなるほどといって、手紙を読み進めていく。

すると――。

「ふっ……」

いきなり表情が一変した。

見る者の背筋が凍る様な、氷の様に冷たく、刃の様に鋭い笑みを浮かべた。

「面白い冗談をいう……」

一瞬でキレたスカーレット。

それもそのはず。

アルブレビトから送られてきた手紙の内容はいたってシンプル。

要約して、一行くらいでまとまる程度のものだ。

街を作ったことを知っている、取引の話をしたいから会いに来い。

こういうことだ。

「リアム様、ちょっとお話が——ひぃ！」

運悪く、そこにやってきたレイナ。

俺を呼んだレイナに、振り向くスカーレット。

そのスカーレットの表情を見て、思わず悲鳴を上げてしまうレイナ。

それほどまでに、今のスカーレットはキレていて……まあ、怖い。

「ご、ごめんなさい！　出直します‼」

レイナは逃げ出した。

それを見たスカーレットは、無関係の者を怖がらせてしまった事に気づいて、「ふう」と深呼吸して、表情を落ち着かせた。

「申し訳ありませんでした」

「いや、いいさ。怒ってくれたのは嬉しい」

「どうなさるのですか？」

「スカーレットはどう思う？　客観的に見て」

「……」

スカーレットは考えていた。

葛藤を感じる。怒りを沈殿させようとしているのが目に見えて分かる。

一分くらいして、彼女は口を開いた。

「応じる必要はないかと思われます」

「理由は？」

「アルブレビトは長男ではあるが、当主ではない。更に少し前に先走って大きなミスをした。その返上をするための独断だと思われます」

「なるほど」

「ハミルトン家当主の話なら聞く価値もありますが、この男の独断の話に乗る必要は微塵もございません」

「分かった――ありがとう、ちゃんとアドバイスをしてくれて」

「――っ!!」

俺に褒められ、感謝されたスカーレットはカッと目を見開き、そのまま跪いた。

「も、もったいないお言葉でございます!!」

そのまま頭を下げて、感涙するほど喜んだのだった。

☆

次の日、街の入り口で。

ギガースのガイに案内されてやってきたのは、ブルーノと、数人の使用人だった。

「兄さん、どうしてここに？」

「ちょっとな。それよりもすごいなここ。魔物の街って聞いてたけど、予想よりも遥かに街らしい」

「え？　ああ、ありがとう」

俺はブルーノに礼を言った。

関係者ではない、外部の人間に街の事を褒められたのは初めてかもしれない。

結構嬉しいものだ。

「えっと……」

「ああ、話があるんだ。どこか落ち着ける場所は無いか？」

「落ち着ける場所か」

「私の家をお使い下さい、主」

「いいのか？」

申し出てくれたスカーレットに聞き返した。

「はい。主の家では何かと不便もおありでしょう」

アナザーワールドか。

たしかに、あそこは部外者をあまりいれたくないし、あそこの建物はまだ前の、しょぼいやつのままだ。

一方のスカーレット用に建てたものは結構立派な屋敷だ。

「分かった、使わせてもらう。兄さん、こっちへ」

「う、うん」

戸惑うブルーノを連れて、歩き出す。

「どうしたんだ兄さん」

「さっきの、スカーレット王女だよな」

「うん、そうだけど？」

「……完全にお前に従ってるのか？　あのスカーレット王女が」

「あー……まあ、色々あったんだ」

「そうか」

ブルーノは微苦笑で頷いたあと、それ以上何もきいてこなかった。

ただ一言。

「すごいな、お前は」

とだけ言った。

ブルーノと一緒に歩いて、スカーレットの屋敷に向かう。

「リアム様、ケーキを焼いたんだけど味見してみて」

「主、こちらの建物の落成式に立ち会ってもらえぬか」

「りあむさまりあむさま。えっと……だいしゅき」

途中で様々な魔物につかまって、なかなか進まなかったが、後で必ず戻ってくると約束を片っ端からして、ブルーノをつれて進んだ。

「ほんとうに、すごいなお前は」

「え？」

「いや、なんでもない」

「……？　そうか」

しばらくして、ようやくスカーレットの屋敷についた。

応接間に通され、ブルーノと向き合って座る。

屋敷はあるが、使用人はまだいない。

スカーレットは自ら俺達に茶を淹れてくれたが、それにブルーノはまたしても戸惑ってしまう。

「さて、兄さん、ここに来たのは？」

「ああ……そうだったな」

ブルーノは深呼吸を一つすると、表情を繕って、言った。

「リアム王にお願い申し上げます」

「ふえ？」

いきなりどうした――と驚く暇もなく、ブルーノは更に続ける。

「当家に、この街で商いをする権利をいただきたくお願い申し上げます」

「商いって……商売をするのか？」

「法は守ります、税も納めます。すべては貴国のルールに従います……どうか！」

ブルーノはそう言って、立ち上がって、深々と頭を下げた。

「ま、待ってくれ兄さん。いきなりそれじゃ訳が分からない。落ち着いて、一から話をして欲しい」

「そうですね、大変失礼しました」

ブルーノは「分かった」と返事をするも、完全に、俺の下に自分をおく振る舞いをしていた。

「この土地は、ジャミール、キスタドール、パルタの三カ国に囲まれております」

「ああ」

「そして、ここは魔物を力によって支配していない。リアム陛下の統治によって栄えると予想されます」

「そ、そうか?」

「ならば今後、ここが交易路の中心となる可能性が非常に高い——そのためにお願いに上がったのです」

「……あっ、そっか。兄さんは当主として」

「はい」

なるほど、そういうことか。

ふと、部屋の隅っこで控えているスカーレットの姿が目に入った。

ブルーノの事を称賛しているような、そんな表情をしている。

なんでだろう——と思ったがすぐに分かった。

当主でないのにもかかわらず、尊大に振る舞って俺を呼びつけようとしたアルブレビト。

貧乏貴族ながら、当主自らがここまで出向いて、弟である俺に頭を下げたブルーノ。

「そういうことなら、分かったよブルーノ兄さん」

「ありがとうございます！」

ブルーノはそのまま俺に、膝をついて深々と頭を垂れたのだった。

.78

「とりあえず兄さん、顔をあげて。座ってゆっくり話そう」

「はい、ありがとうございます、陛下」

ブルーノは言われた通り顔を上げて、ちゃんと元の場所に座り直した。

彼は、俺がこの体——貴族の五男であるリアムの体に乗り移ってから、一番最初に親しく付き合った相手だ。

あの時は皮肉屋っぽい一面もあったが、こっちの事をよく気にかけてくれて、屋敷の中で唯一自分の味方だった、といっても過言ではない。

その恩返しとしても、彼が出してきた提案をのみたいと思う。

大きな方向性はそれでいいが、細かい話は……どうしよう。

魔物達は全員俺の『ファミリア』の魔法で使い魔契約されている。

それだけではなく、結構慕ってくれていて、俺を『王』としてあがめてくれている。

それはつまり、俺の決定が全員の未来に影響するってことだ。

大まかな方向はそれでいいとしても、細かい話は分からないから、ここで決めちゃまずい気がする。

王、だからこそまずいと思う。

ふと、スカーレットと目があった。

そうだ、彼女がいた。

俺は王どころか、中身は貴族ですらなく、晩酌だけが楽しみの一般人だ。

それに比べて、彼女は生まれながらにしての王族。

彼女の意見を聞こう。

『聞こえるか、スカーレット』

俺は前に編み出した、テレパシーの魔法を使って、スカーレットに話しかけた。

ブルーノに内緒で、スカーレットに意見を求める。

『はい、聞こえております』

さすがスカーレット、まったく表情を変える事なくテレパシーで返事をした。

『兄さんの提案を受け入れようと思うが、細かいところは分からない。何かアドバイスをくれ』

『……かしこまりました。主は二つだけ、なさればよいと思います』

『二つ？　どんな事だ？』

『まず、彼を優遇する事。税や、この国、この街での拠点の立地など。全てにおいて優遇する』

『いいのか？　優遇して』

『そこで二つ目。アルブレビト――ひいては主の実家のハミルトン家を冷遇する』

『……ふむ？』

どういう事だ？　と聞き返す。

『簡単な事でございます。服従、あるいは友好的な相手は優遇する。アルブレビトの様な舐めきった相手は冷遇する。必要であれば力をもって叩きのめす。それが、王でございます』

『なるほど』

言われてみればそうだ。

スカーレットのアドバイスを受け入れて、俺は、ブルーノと細かい話をした。

☆

「それでは失礼致します。本日は貴重なお時間をいただき、誠にありがとうございました」

「気にしないで兄さん。細かい話は近いうちに実務者同士に」

「ありがとうございます。では、失礼致します」

ブルーノは最後にもう一度深々と頭を下げて、部屋から退出した。

俺は「ふう」と息をはいた。

「主のお兄様でしたか」

「え？　ああ、うん。それが？」

ブルーノが出て行った扉を眺めていたスカーレットがいきなりそんな事を言い出したので、どうしたんだろう、と首をかしげつつ聞き返す。

「お若いのに、ひとかどの人物でした」

「そうなのか？」

「はい。いろいろありますが……一番大きいのは、最後まで『どうか呼び捨てにして下さい』などといった事を言っては来なかったことです」

「ああ、そういえば」

俺はずっと『兄さん』とブルーノの事を呼んでいたけど、ブルーノはそれに触れもしなかったな。

「何々とお呼び下さい、というのは実は強制なのです」

「ああ……そうなるのか……」

言われてみればそうかもしれない。

命令じゃなくても、相手に『気を遣うように強要する』というのは間違いない。

目から鱗だ。

「もっといえば、『下さい』というのは命令語なのです」

「そうなのか!?」

「はい」

スカーレットは短く言い切って、はっきりと頷いた。

「それをなさらなかった。かといって兄弟の情や、兄の立場を利用するでも無く、最初から完全降伏の姿勢でありました。結構なやり手だと感じました」

「ちょっと前までは斜に構えた子供っぽかったんだがな」

最初の頃、一緒に私塾に通ってた頃はそうだった。

この五男の体に乗り移った俺は、中身は大人だ。

だからこそ、あの頃のブルーノの振る舞いは、思春期特有の流行病のようだと感じていた。

その頃を知っているから、ちょっと驚いた。

『立場が人を作る』

「ラードーン？」

いきなり会話に割り込んできたラードーン。

「神竜様がなにかおっしゃいましたか？」

「ああ、立場が人を作る、って」

「なるほど、その通りだと思います」

頷くスカーレット。やっぱりそうなのか。

『やつはただの貴族の四男から、貧乏貴族とは言え当主になった。立場と、責任感が振る舞いを変えさせた』

「なるほど」

『当主であれば、そのような振る舞いをする。成功した当主を見て、それを受け継ぐ者も、当然そうあるべしと思う』

「だな。でもそうなると、ただ受け継いだだけの当主を見てる長男は同じように受け継ぐだけになりかねないよな」

俺はアルブレビトの事を思い出した。

今回のことで、ブルーノとかなりの対照的な動きをした彼の事を思い出して、ちょっと苦笑いした。

『そうだ。だから我は、ジャミールの最初の王に、三代で爵位をとりあげるシステムを提案した』

「えええ⁉　あれ、ラードーンが言い出したのか？」

「神竜様が何か？」

スカーレットにラードーンの言ったことを話す。

スカーレットも驚いていた。

「なるほど……さすが神竜様です。そのシステムのおかげで——もちろんズルをする者もいますが、大半は危機感をもって、何かしようとしております。貴族でもただの穀潰しが、他国にくらべて圧倒的に少ないです」

ラードーンの提案したシステムが効果的に回ってるって事か。

『お前も、面白かったぞ』

「え？」

『細かい話に入る前に、その娘に意見を聞いただろう？』

「聞いた——けど？」

『王という立場がお前をそうさせた』

「いや、それは分からないから。魔法のことなら聞いてないさ」

『分からない事は素直に臣下の意見を聞き入れられる。我が知る限り、それは』

「そ、それは？」

『賢王の資質、と言うものだ』

ラードーンに、めちゃくちゃ褒められた。

.79

夜、一人っきりのアナザーワールドの中。

俺は壁に向かって、単発のパワーミサイルを撃ち続けていた。

この前の限界突破で、また広くなったアナザーワールド。

今はもう面積が軽く五〇〇平米をこえていて、最初に買ってここに運び入れた家が『小屋』くらいに感じるほど広くなった。

その中で、ペチペチ、ペチペチって感じでパワーミサイルを撃ち続けている。

『さっきから何をしている』

俺の行動を意味不明と思ったのか、ラードーンが聞いてきた。

「この先、多分まだまだ戦う事もあるだろう」

『あるだろうな。我が知っている人間なら、今のお前と、この魔物だらけの国を放ってはおくまい』

「やっぱりそうなるのか」

『あの娘、スカーレットは聡《さと》い。提案した事も間違ってはおらん』

スカーレットの提案。

貨幣による技術力アピールの話か。

『が、それは同じく聡い人間にしか通用せん』

「そうなのか？」

『ふふ……どこぞの国のトップが、お前の長兄のような男だったら？』

「……あぁ」

一瞬で納得した。

ものすごく納得させられてしまった。

ラードーンの言うとおりだ。

アルブレビトみたいなのがトップにいたら、スカーレットの貨幣で技術をアピールして、遠回しに――っていうのが多分通じない。

まったく気づかないでちょっかいを出し続けてくるのが、ものすごくはっきりと想像出来てしまう。

『愚かな人間には、愚かな人間でも分かるような出来事がいる。最低でも後何戦かは要る』

ラードーンはきっぱりと言い切った。

それは俺が今考えていた事。

ラードーンに言われて、ますます考えて、対策を練らなくちゃいけなくなった事。

「そうなると、俺も戦わなきゃいけない。だけど今のスタイルじゃ足りないと思う」

『足りない？』

「俺はたくさん魔法を使える。それはきっと、この先知られていく。敵の中心人物だから、俺なら真っ先に対策を練る」

『ほう……』

ラードーンは感心した様子で相づちをうった。

その相づちのニュアンスに気づかないまま、俺は更に続ける。

「屋敷にいる時からいろんな本を読んだ。魔法使いの欠点を知ってる。魔法を使う間は無防備になる」

『お前には同時魔法があるではないか』

「その分、ガス欠が早くなるって欠点もある。レククロの結晶を大量に用意しておくつもりだけど、根本的な対策にならない」

『ふふっ……そこに自力でたどりついたか。さすがだ』

「え？」

『よほど、日夜魔法の事を考えていなければ、その境地に自らたどりつくことはない。さすがと褒めておこう』

「はあ……」

そりゃ憧れの魔法だから、考えるのは当然だけど。

『答えから教えると、お前には二つの道がある』

「どんな？」

『一つは、まわりを使い魔で固める。無防備の時を使い魔に守ってもらう』

「それはさっきのと同じ、根本的な解決にならない」

『ならもうひとつ。魔力で肉体を強化してしまう』

「シェルみたいな魔法の事か？」

『いいや』

ラードーンは即答で否定する。

『お前が見てきた中でもっとも近いのは……ドラキュラとバンパイア達だな』

「ドラキュラとバンパイア」

『お前の魔力で、お前自身を常に強化しておく』

「そういう魔法を編み出せって事か？」

『魔法にはもうひとつ欠点がある』

肯定でも否定でもなく、ラードーンは更に言う。

『魔法を封じられる可能性がある。魔力があっても、放出出来ないか、魔法を発動出来ない空間や結界が存在する』

「……体の中で魔法を使う？」

『魔法という形にしない。魔力を純粋に力にする』

「……うーん」

ピンとこなかった。

俺は腕組みして、首をひねった。

『他人の魔力の流れは分かるか？』

「え？　ああ、多少は」

『なら』

次の瞬間、俺の体が光った。

まぶしさに手をかざして目の前を覆う。

ピカッと光った後、収まった。

手を下ろして視界が元に戻ると——。

「え？」

変な声が出た。

目の前に、見た事の無い少女がいた。

一〇歳前後の、幼い女の子。

「だ、誰だ？」

「我だ」

「ラードーン⁉」

「うむ」

「お前、女だったのか⁉」

驚くと、ラードーンは呆れた目をして、

「何を今更、我の仔をさんざんこき使っておいて」

「あっ……」

ラードーンジュニアのことか。

そういえば……そうだったな。

「さて、そのような事はどうでもよい。我が範を見せる。ちゃんと観察しろ」

「え、ああうん」

よく分からないが、ラードーンをじっと見つめる事にした。

直後、ラードーンの体の表面に魔力の光があわく光り出した。

その光はまるで川の流れの様に、全身を覆っていたのが、足に集中していく。

魔法とはちがう魔力の使い方。

足に魔力を集めた少女ラードーンは、アナザーワールドの中で飛び始めた。

まるでゴムボールの様に、上下左右、狭い空間で壁を蹴って飛び回る。

「なるほど——こうか！」

ラードーンがやったのと同じように、俺も魔力を足に集めた。

最初は上手く行かなかった。

それをイメージで補った。

足を強化するイメージ。

そこから『発動』という過程をのぞく。

魔法にはしない、身体強化。

それを強くイメージして、魔力を集めると――。

「出来た！」

俺も、ラードーンと同じようにものすごい勢いで、普段の自分じゃ絶対に出来ない様な飛び方で飛び回った。

が、上手くは行かなかった。

縦横無尽に飛び回るラードーンとはちがって、二回くらい跳ね返ったあと、魔力は風船から空気が抜けたように漏れ出て、俺は地面に墜落した。

「いてて……上手く行かないな。なあラードーン、何かコツはあるのか？」

「……」

「ラードーン？　なんかまずかったのか俺？　そんな白い目で見て」

「呆れているのだ」

「やっぱりなんかまずかったか」

失敗したしな。

「違う」

「え？」

「この一瞬で出来てしまったことに呆れているのだ。なんなんだ、その吸収力の高さは」

「えっと……」

それってつまり……褒められている、のか？

「まあいい、教え甲斐がある、ということにしておこう」

ラードーンはそう言って、今度は楽しげな表情になった。

.80

「三回目で空気抜けして墜落したけど、どうすればもっと続けられる？」

「ふむ」

ラードーンは小さく頷いた。

「魔力のペース配分が出来れば自ずと続けられる」

「ペース配分」

「今のお前は……そうだな、子供の様なものだ。全力ではしゃいで、力つきたらパタッと倒れて寝込んでしまう」

「ああ……それは分かりやすい」

ラードーンに言われて、「うん、そうだな」って思った。

魔力を一気に使って、それで成功したはいいが、すぐに空気抜けしてしまった。

「短距離のダッシュじゃなくて、長距離を走り続けるためのペース配分だな？」

「より正しく言えば、短距離でも長距離でも、自在に出来るようになる。ということだ」

「なるほど。ダッシュ出来なくなるのも話にならないってことか」

ラードーンは小さく頷いた。

直後、手を俺に向けてかざした。

すると、俺の両手両足、そしておでこのあたりに、青色のシャボン玉が現われた。シャボン玉は俺の手足と頭にくっついて離れない。

重さはない。体の動きにも邪魔にならない。

くっついて見えるのが邪魔っぽいな、と思う以外、特に何かがある訳ではないシャボン玉だ。

「これは……あの地下での？」

「うむ、我が開発した。あの時言わなかったか？」

「そういえば言ってたな」

アブソリュート・フォース・シールド、アブソリュート・マジック・シールドを手に入れる時に、そんな事を聞いていたのを思い出す。

「で、これで何をするんだ？」

「まず、その五カ所に魔力を込めてみろ。適当にでいい」

「こうか？」

言われたとおり、五つのシャボン玉に魔力を込めてみた。

「今込めた量を覚えておけ。それを『総量』だとする」

「ふむ、お前は右利きのようだな。右足と右手それぞれの割合が少し多い」

「……言われてみれば」

「まず調整してみろ。全箇所が二割ずつになるように」

「二割ずつに」

「そうだな……一〇秒以内にだ」

「一〇秒？　それを過ぎたら――」

「一〇、九、八、七――」

ラードーンは答えずに、そのままカウントダウンを始めた。

俺は慌てて魔力を調整しようとした――が。

パン！

五つのシャボン玉が一斉に破裂した。

「こ、これは？」

「たりない左手と左足に魔力を増やそうとしたが、右手と右足にも力が入って、そっちも増えた。

結果、総量が一〇〇になるところ、一一〇くらいになった」

「な、なるほど」

「左は増やす、右は減らす、総量は増やさず維持しろ」

そう言いつつ、もう一度手をかざして、俺の体に五つのシャボン玉をくっつけた。

そして、再びのカウントダウン。

今度は慎重にやった。右は減らして、左は増やす。

全体の総量が増えないように慎重に——。

パァン！

が、またしても弾けた。

「こ、今度は？」

「時間切れだ」

「あっ……」

「一〇秒でも長い方だぞ。それは分かるな？」

「ああ！」

俺ははっきり頷いた。

魔法をいくつもマスターしてきた俺は、一〇秒というのがいかに長い時間なのかが分かる。

「行くぞ」

「うん」

再び、シャボン玉。

慎重に、そして急いで。

右と左が一緒になるように調整——。

パン！

「頭から魔力が抜けている。そっちも気を抜くな」

「分かった」

「次」

俺は次々にやった。

失敗続きだが、とにかく続けた。

「よし！」

「ふむ、一〇秒以内に出来たな。なら次は左手二五%、右足二五%。右手と左足が一五%ずつだ」

「なるほど」

利き手利き足の左右をシャッフルするってわけか。

これは難しそうだ。

でも、ラードーンの意図は分かる。

だから、やりがいがある。

俺はそれを続けた。

ラードーンの指示通りの割合で、その制限時間内にやれるように頑張った。

ほとんど失敗だったが。

「次、頼む」

「意外だな」

「え？」

「てっきり、魔法ではなく魔力の鍛錬だから、やる気を無くすのだと思っていたが」

「これが出来たらさ」

俺は壁に向かって、『二連』パワーミサイルを放った。

強いパワーミサイルと、弱いパワーミサイルだ。

それを放ってから、ラードーンにいう。

「魔力の微妙なコントロールが出来るようになれば、一九連でも二三連でも——一〇一連でも強弱を使い分けて撃てるだろ?」

「……っ」

「相手にも、アブソリュート・マジック・シールドみたいなのを使えるのがいるかも知れない。いや、無効があれば、反射もきっとある。そうなったら、連射のなかで『見せ』の魔法も必要になってくる」

「……」

「どうした、なんか俺、間違ったことを言ってるか?」

「いいや、間違ってはいない」

「お前のその言い回しは好きだな。間違って『は』いない。じゃあ?」

「それは、二つ先の話だ」

「え?」

どういうことだ?

「このままお前を鍛えて、二つくらいの壁を乗り越えた先に、その話をしようと思っていた」

「へえ」

「そこに、自力でたどりついたのを驚いているのだ」

「ああ、なるほど」

なんとなく理解した。

足し算を子供に教えてたら、同じ数を足していけばかけ算になると先に気づかれたみたいなことか。

ラードーンは、称賛する目で俺を見る。

「魔法では……お前は、天才のたぐいなのかもしれんな」

.81

「右手六〇、他一〇ずつ」

「ああ」

「次、頭はゼロ。右手から右回りに一〇、二〇、三〇、四〇」

「分かった！」

アナザーワールドの中、俺はラードーンの指示に従って、魔力分配の練習を続けていた。

最初はゆっくりとした指示で、指示の内容も簡単なものだったけど、次第に指示の間隔が短くなっていって、内容もかなり複雑なものになっていった。

それに食いついて行った。

指示の組み合わせは複雑になっていったが、一つ一つは今まで通りのまま。

俺はそれをやり続けた。

ミスをする事もあるが、練習は練習。

ミスをするのは当たり前、くらいの気持ちで、延々と練習していった。

「次、お手玉。右手八〇。左足八〇。頭八〇。右手八〇――ニュートラル」

ラードーンの指示で、頭と両手両足、全箇所を二〇に戻す。

指示が途絶えた。

俺は「ふう」と一息ついた。

もちろん気は抜かない。

最後に指示されたニュートラル――全箇所二〇をきっちり維持する。

「ふむ、ほぼ自在に魔力の移動が出来る様になったようだな」

「これでいい？」

「うむ、次に進んでいい頃合いだろう」

「次」

棒読みでリピートした。

魔力の維持がちょっと崩れかけたので、慌てて気を引き締める。

「少し待て」

ラードーンは一旦俺の中にもどって、すぐにまた出てきた。

「待たせたな」

「なんだったんだ？　今のは」

「これからの課題をクリアすれば自ずと分かるようになる」

「分かった」

ラードーンがそういうのなら、今聞く必要はないだろう。

「で、何をすれば良い」

「これを受けとれ」

ラードーンは手をひょい、と振った。

その手から光る一本の縄が伸びてきて、俺は右手でそれを掴みとった。

「今からそれで、我と綱引きをしてもらう」

「綱引き」

「右手ゼロ、引いてみろ」

「――っ！　びくともしない」

見た目は指の太さ程度の縄、その先に繋がっているのは自然体で佇んでいる小柄なラードーン。

簡単に引っ張って動かせそうな見た目だが、まったくびくともしなかった。

「力ではない、魔力での綱引きだ」

「なるほど、ゼロじゃどうやっても動かないって事か」

「一〇にしてみろ」

「分かった」

言われた通り右手に一〇%の魔力を振り分ける。

軽く引いてみると、ラードーンが少しこっちに引っ張られた。

しかし引っ張られたのは一瞬だけ、すぐにピタッと止った。

「こっちも魔力を込めてみた」

「なるほど」

「我はこれから配分を少しずつ変えていく。常に我と互角にしておくのだ」

「……なるほど、自分の魔力の次は、相手の魔力か」

「……」

ラードーンはふっ、と微笑んだ。

「おっと」

引っ張られて、つんのめった。

慌てて魔力の配分を増やして、踏みとどまる。

最初は、引っ張る手応えから、魔力の配分を調整していた。

しかしそれは上手く行かなくて、何度も前のめりに倒れたり、後ろにひっくり返ったりした。

これではまずいと、全身全霊で集中した。

すると気づく。

ラードーンと繋がっている光の縄から、うっすらと『伝わって』来るのを。

ラードーンの魔力の強さだ。

それに気づいてからは、それに合わせてこっちの魔力を調整していく。

何度か失敗していくうちに、感覚が段々分かってきた。

一〇、二〇、三〇、一〇——九九。

フェイントをかけられて、一気に変えられても対応出来た。

こうなると、見た目はまったくの静寂だった。

せわしなく魔力を調整しているが、見た目は互角の綱引き——というより互いに縄を『持っただけ』にしか見えない。

「むっ」

ふと、異変に気づく。

縄から伝わってきていたラードーンの魔力が、急にまったく分からなくなった。

集中が切れたのかと思って、慌てて更に集中する。

するとうっすらと感じられた——が。

「これは……縄伝いじゃない？」

「……」

ラードーンは相変わらず静かに微笑んだまま、何も言わない。

縄からは何も感じない。

代わりに――強いていえば『空気』伝いに伝わってくるラードーンの魔力配分。

空気伝いだからか、さっきよりも更に希薄で、気を抜いたら一瞬で消えてしまうようだった。

俺は集中した。

更に、さっきよりも更に更に集中した。

ラードーンの魔力を感じ取って、綱引きの引き分けを維持する。

徐々に、慣れてきた。

薄い中で、次第にはっきり分かるようになった。

「予想よりも早いな」

「え？」

「そこまで進めているのなら、そろそろ気づく頃だろう」

「気づく？」

何の事だろうか？

分からないが、ラードーンがそう言うからには、何か『気づける』事があるはずだ。

そしてそれは、魔力関係の事だろう。

集中して探ると――。

「俺の魔力と……同じ？」

「そういうことだ」

ラードーンはニヤリ、と笑った。

「さっき一度お前の中にもどっただろう？　あの時に余分な力を置いてきた。いまこの体は、お前とまったく同じ魔力しか持たない」

「あっ、それで『自ずと分かる』……」

「ふふ……我はてっきりもっとかかると思っていた。予想を軽々と上回ってくれる」

ラードーンは楽しげに笑った。

光の縄がすぅ、ときえた。

「もう良いのか？」

「うむ。最後だ、適当に多重魔法を限界まで撃ってみろ」

「え？　ああ……分かった」

俺は頷き、明後日の方角に向かって、パワーミサイルを撃った。

無詠唱での多重魔法を一九連――。

「えっ⁉」

――撃ったつもりが、自分でその結果に驚く。

一九連のつもりで撃ったパワーミサイルは、明らかに多かった。

「二七、二八……二九⁉」

驚き、ラードーンを見る。

彼女は「ふふ」と微笑んだままだ。

「な、なんで？　魔力は――変わってないぞ」

ラードーンの訓練ではっきり分かるようになった魔力量。

自分の魔力量、そしてラードーンが改めて出てきた時に持っていた俺と同じ魔力量。

それはまったく同じで、増えてはいない。

しかし、同時魔法は一九から二九に一気に増えた。

「自分の五体、そして感覚の拡大。それによって、魔力を今まで以上に効率的に扱えるようになった」

「効率的に……」

「お前の多重魔法も、これ一気に二ランクレベルアップというわけだ」

おめでとう、って感じで。

ラードーンはにやり、とまた笑ったのだった。

.82

「だ、だけど。魔力が増えてる様には感じないぞ」

あまりのパワーアップを、すぐには受け止めきれなかった。

「効率化だけで、こんなに違うのか？」

「ふふ、分かるよな」

「え？」

「今の一連の訓練で、お前はより魔力の把握・感知能力が上がった。自分の魔力がほとんど増えていないのがはっきりと分かるようになった」

「あ、ああ」

「そう、実際に増えてない。問題はお前が今までにやってきたことだ」

「え？」

「お前は今まで、ほとんど独学といって良いくらい、自分で魔法を学んできた」

ラードーンは、まるで見てきたかのように言う。

「我は全てを見ていたわけではないが、察しはつく。我と出会う前は、とにかく『努力』の二文字だったのだろう？」

「魔法ってそういうものだろう？」

「魔法はな」

「はな？」

ラードーン流の言い回しがまたしても出た。

俺は少し考えた。

魔法はな、の先に続く言葉を。

「……魔力は？」

「ふふ」

ラードーンは満足げに笑った。

「お前は、柔よく剛を制す、という言葉を知っているか？」

「え？　いきなり何を……知ってる、けど？」

いきなり話が飛んで、俺はちょっと困った。

「その言葉は前半分だけ、という事は知っているか？」

「前半分だけ？」

「そうだ。後ろ半分は、剛よく柔を断つ、だ」

「そんな言葉があるのか……」

「今でも、人間は前の方――柔よく剛を制すの方が好みなのだろう？」

「そう……なのかな？」

好みかどうかは分からないけど、そっちはよく聞く。

逆に『剛よく柔を断つ』は今初めて聞いた。

「人間はこの地上で、力だけでいえば弱い方だ。そのコンプレックスから柔よく剛を制す――技術で圧倒的な力に勝つというのを無意識に望んでいる」

「はあ……えっと、その話をするって事は、後半の、剛よく柔を断つの方が正しいって事なのか？」

「お前は今まで力任せにパワーアップしてきた。我はそれに、効率化を加えてやった」

「え？　あ、ああ」

またしても話が飛んだ。

というか、戻ってきた。

「剛柔一体」

「剛柔……一体」

俺は少し考えて。

「力と技術、どっちかがより正しいとかはない。両方が大事……ってことか」

「ふふっ……」

ラードーンは満足げに笑った。

そのますぅ……と薄くなって、俺の中に再びもどった。

きっと、今のが正解なんだろう。

力と、技術。

剛柔一体。

これからは、それを意識しよう。

☆

アナザーワールドの外に出た。

中は昼も夜もなくて、いつでも明るいままだが、外は真っ昼間で、太陽の光は目が痛くなるほどまぶしかった。

ずっと明るいと思っていた空間でも、やっぱり太陽の光に比べると暗い方だったようだ。

目の前に手の平をかざして、目が慣れてくるのを待つ。

しばらくすると、視界が戻ってくる。

「あれ？　スカーレット？」

建設ラッシュ中の街の入り口に、スカーレットが立っているのが見えた。

彼女は何者かを見送っていて、その者は馬に乗って立ちさったところだ。

「スカーレット」

「主」

「誰だあれは……何かあったのか？」

こっちを振り向いたスカーレットの表情が若干優れない事に気づいた。

複雑そうな、苦虫を噛みつぶした様な表情だ。

「私の部下です。すこし、良くない知らせを持ってきたところでした」

「良くない知らせって？」

「ジャミールのアイジーという地方が、今年に入ってから一度も雨が降ってなくて、ひどい干ばつに見舞われているらしいのです」

「アイジー」

「母方の実家の領地です」

「ああ……」

スカーレットの実家。

定期的に王室に血を——妃を輩出する貴族の家。

その貴族の家がもっている領地ってことか。

「申し訳ありません。主に仕える身で、あっちの話を持ち込んでしまって。今後は持ってくるなとキツく言っておきました」

「いや、それはいい。それよりも……」

俺はあごを摘まんで少し考えた。

「干ばつか。さしあたって水があればいいのか？」

「え？　それはまあ……必要は必要……ですが……」

どういう事だ？　って顔で俺を見つめるスカーレット。

「なら水を支援する」

「え？」

「普通なら水なんて輸送しようと思ったら大変だが、アイテムボックスとテレポートを組み合わせればいくらでも運べる。海水とセルシウスを組み合わせればいくらでも作れる」

「ど、どうして……」

驚くスカーレット。

その驚きは分かる。

スカーレットの実家とは言え、今はよその国。

ジャミール王国内で起きた出来事だ。

「隣国だ、仲良くしておいた方がいいだろ？」

「それは……そうですが……」

「なにか問題が？」

「えっと……陛下にお伺いを」

「じゃあお前が使者になって、その話を持っていってくれ。水ならいくらでも持っていく。災害だから、見返りもいらないって」

「わ、分かりました」

スカーレットは慌てて動き出した。

彼女が立ち去っていく後ろ姿を見つめていると、

『なんだ、やけに気前がいいな』

「お前の教えじゃないか」

『我の？』

俺の中で訝しむラードーン。

「剛柔一体」

『む？』

「スカーレットの提案で、貨幣を造って、技術力――力をアピールした。威圧っていってもいい」

『……ふむ』

「威圧しっぱなしにするよりも、その技術は協力し合うためにも使える様に示した方がいい」

『……応用したのか、これに』

「ああ」

『……ふふ、お前はやっぱり、賢王の素質があるよ』

ラードーンの言葉に、俺はこうして正解だ、というお墨付きをもらったような気分になった。

.83

テレポートで海に飛んできた俺は、真水作りをしていた。

二九まで上がった同時多重魔法を使って、アイテムボックス一つと、水の中級精霊セルシウスを二八体同時召喚し、大量に真水を作って、アイテムボックスの中に流し込んでいた。

大体、一分間で六〇〇リットルくらいの勢いで真水がアイテムボックスの中で増えている。

それを続けて、真水を溜めている。

『……』

すると、言葉ではないが、ラードーンが何か言いたげなのを感じた。

「何？」

『何がだ？』

ほとんど同じ言葉で聞き返してくるラードーン。

「いや、何か言いたげだったから」

『言いたげ？』

「何というか……」

俺は説明しようと、首をひねった。

ラードーンから感じたそれを、上手く説明出来るように言葉に落とし込んでみる。

「感情の揺らぎ？　みたいなのを感じたから」

なんとなく感じた。

ラードーンが俺から出て、あの少女の姿を見せてきてから、それが感じられる様になった。

『ふむ』

ラードーンの反応、そして今まさに伝わってくる感情。

俺が感じた事は間違いではないという事の答え合わせに感じた。

ラードーンは少し考えてから、答えた。

『その行動、無駄になるかもしれん。そう思っただけだ』

「無駄に？」

『お前の行動は間違いではない。友好を築きたい国同士――いや、たとえ敵対国同士であっても、天災の時は協力しあうのが賢い選択だ』

「そうなのか」

『天災に国境は無いからな』

「あぁ……」

確かにそうだ。

台風、地震、干ばつ……。

ぱっと思いつく限りのどの災害も、国境を跨いで複数の国におこりうるものだ。

『だから、それは正しくて、賢い選択ではある。だが、多くの人間は賢い選択が出来ない。高位の人間であるほど、プライドが邪魔をして間違った選択をすることがある』

「そういうものなのか？」

『アルブレビト』

「……ああ」

たった一言だけだが、ものすごく説得力のある一言だった。

アルブレビト、ハミルトン家の長男。

彼はまさに、プライドのせいで次々と間違った選択、間違った行動をしている男だ。

「つまり、ジャミール王がそうかもしれない、と？」

『まわりの大臣の可能性もある。「借りが大きすぎると後々やっかいだ」――我がかつて人間から聞いた、もっとも汎用性の高い愚行の理由だ』

「……そうか」

それもまた、想像がつく話だった。

そういう人間を実際に見た事がある。

ちょっと違うけど、『助けられた事』を『哀れまれた』と脳内変換して、逆恨みする人間も確かに存在する。

『そうならぬ事を祈るよ』

俺が真水を作り続ける傍らで、ラードーンはそう締めくくった。

そしてその予想は、悲しい事に当たってしまうのだった。

☆

「そうか」

魔物の街の、スカーレットの屋敷の中。

予定通りの日時が過ぎて、彼女をテレポートで連れて帰った後、話を聞いた俺はそうつぶやいた。

「申し訳ありません、主。主のご厚意なのに……」

申し訳なさそうに、ちょっとだけ小さく――シュンとなってしまうスカーレット。

「いや、予想はしてた。ちなみに理由は？」

「建前でしたら――この程度の災害、我が国で充分に対処出来る。です」

「対処って？」

「それはなんとも。ただ、今までの例では、難民が自ずと周辺の土地に逃げていくので、そこに食糧などを運び入れることになります。水は……そんなに大量には運べませんから」

「……テレポートとアイテムボックスの組み合わせ以上の救助にはならないな」

「おっしゃる通りでございます……」

俺は少し考えた。

『雨でも降らせるか？』

「雨？　そんな事が出来るのかラードーン」

『最上級の――お前達が神聖魔法と呼んでいるものの中に、天候を操るものがある』

「そうか……いや、それは今回はなしだ。ああ、もちろん後で教えてくれ」

魔法は魔法だ。覚えられるなら、覚えたい。

『理由は？』

「剛柔一体って言ったのはお前だろ？　雨を無理矢理魔法で降らせると、結局『剛』一辺倒だ」

『ふふ……そうだな』

満足げな笑みをこぼすラードーン。

何となく試されていて――それに合格した、という感じがした。

「今回は柔のターンだ」

どうしたらそうなる……俺はやれることを考え続けた。

☆

「へ、陛下!?」

スカーレットの屋敷から出た直後、俺は今もこの街に滞在し続けているブルーノの宿に向かった。

宿にいたブルーノは、尋ねてきた俺を見て慌てて立ち上がって、俺に席を譲ってくれた。

「どうぞ、こちらにお座り下さい」

「ありがとう。真面目な話がしたい、座ってくれ」

「ありがとうございます……なんでしょうか」

「兄さんはジャミール貴族、だよな？」

「はい」

「貴族が災害救助をする事はあるのか？」

「ございます」

ブルーノは即答した。

「度合いによっては、継承延長の功績と認められる事がございますので」

「なるほど」

そういう事なら話は更に早い。

「アイジーの干ばつを知っているか？」

「はい」

「そこに水を大量に支援したいが、俺の申し出はジャミール王国に断られた」

「……なるほど」

少し考えて、重々しく頷くブルーノ。

察しがついたんだろう。

「そこでだ、兄さんに水を卸す。具体的には必要な場所にテレポートで飛んでいって、アイテムボックスで水を出す」

俺はこの場で、アイテムボックスと唱えて、水の入った大きな樽——前もって用意したそれを取り出して見せた。

「そこで兄さんが受け取って、兄さんが配給する」

「なるほど」

「実際には兄さんがやってる事にしたいから、水は兄さんに卸す」

「分かりました、お任せ下さい。アイジーをまかなうほどの水量、大金になりますので、現金を集めるまでしばし日にちを頂ければ」

「いや、ジャミール銀貨一〇枚でいい」

「え？」

驚くブルーノ。

「労働者の日当が平均でそれくらいだろ？　俺がこれから三日で作れる分量だ、それでいい」

「し、しかしそれでは……」

「原産地での仕入れ値は大抵売値より遥かに安いものだと思うんだけど、違うかな？」

「それは……」

「災害救助ということもあって、先方の厚意で人件費のみでの仕入れになった」

俺の言いたい事が分かって、ブルーノはすっくと立ち上がった後、深々と頭を下げた。

「さすが陛下でございます」

その言葉には、感謝と感動、二つの感情が同時に入っていた。
こうして、ブルーノを間に挟んで、
俺は、数百万という真水を干ばつの起きているアイジー地方に届けた。
『前代未聞の災害救助だ』
と、ラードーンは感心したように笑って評したのだった。

.84

魔物の街の、迎賓館。

国として、そして（俺が）王として。

この先アナザーワールドを使わないのなら、賓客や他国の使者をもてなすための建物が必要になる。

という、スカーレットの提案で建てたこの建物の中の広間。

ジャミールの使者が退出した後、一人になった俺は、一人座って首をひねっていた。

『さっそく鈴をつけてきたな』

ラードーンは面白がっている様な口調で言ってきた。

「やっぱりそうか？」

『うむ。王女の輿入れの調整だなどと言ってはいるが、お前がアイジーに手を出さないようにここで見張るつもりなのだろうな』

「そこまでするのか」

『人間のプライドというものだろう。一度言い切ってしまった事を覆すのはどうにも難しいらしい』

ラードーンはやれやれ、って感じで言った。

そういう人間をたくさん見てきたんだろうか。

「こまったな。もう数日来るのが遅かったらな」

俺はため息をついた。

ラードーン曰く『鈴をつけてきた』。

俺がこの街から離れていないかを監視する役割の、ジャミール王国の役人。

俺には上級神聖魔法・テレポートがある。

見張られていても、一日中張り付かれているとかじゃなければどうにかなる――のだが。

テレポートは、一度行った事のある場所にしか行けない。

今回の一件のアイジー、もしくはその近くに行った事はない。

監視されている以上、ゆっくり移動することも出来ない。

「ここは幻影に――」

「失礼いたす」

ギガースのガイが部屋に入ってきた。

「どうした」

「ご報告でござる。連中の手の者が各地に散ったでござる」

「連中の手の者って……ジャミールの使者の部下か？」

ガイは深く頷いた。

「王女の輿入れに備えて、実際に来た時のルート調査って言ってるでござる。どうするでござるか？」

「……分かった、好きにさせろ。最低限の監視をして、変なものを設置とか、そういうのじゃなければ放っておいていい」

「かしこまったでござる」

ガイはそう言って、もう一度頭を下げて、部屋を出た。

「分かりやすく監視してるな」

『そのようだな』

「となると俺の幻影も使えないか」

俺自身がここにいて、幻影が出かけていく――というのをやろうとしたが、幻影も見つかれば問題になる。

俺は考えた。

やりたいことは主に二つ――いや条件付きの一つか。

俺自身がここに残ったまま、幻影が誰にも見つからずにアイジーに向かう。

これだけだ。

つまり、幻影が俺の見た目をしていなければそれでいい。

俺は少し考えた。

一つ、方法があるかも知れない。

それをする前に、手持ちの魔法の性能を再確認しなきゃいけないいな。

俺はそう思いながら、手を突き出し、

「契約召喚：リアム」

魔法を使って、俺の幻影を召喚した。

目の前に現われた俺自身の分身。

見つめ合って、頷き合った。

「じゃあ、いくぞ」

「ああ」

幻影は頷き、初級魔法ウインドカッターを使って、自分の髪を切った。

貴族の五男——庶民にくらべて栄養が行き届いているために艶やかな髪を全部切りおとした。

魔法でざっくり切ったから、かなりとんでもない見た目になった。

その幻影と頷き合って、俺は彼を消した。

そして——。

「契約召喚：リアム」

もう一度、幻影を召喚した。

召喚された幻影は、髪型が元の姿で召喚された。

「うん」

頷いて、さらに消す。

今度は俺自身――オリジナルの髪をちょっと切った。

慎重に、おかしくないように。

でも、一目で分かる位違う様に切った。

そして、三度幻影召喚。

召喚された幻影は、俺が髪を切った後の姿だった。

「やっぱり、召喚する瞬間の姿をベースにしてるな」

「ああ、そして幻影に起きた出来事は解除すると全てなかったことになる」

「こうじゃなかったらなあ。記憶が残っていれば、アイテムボックスに手紙、なんて事もしなくてよかったんだが。再召喚で直接話せばいいんだから」

「だなあ」

俺と幻影は微苦笑しながら言い合った。

うすうすと気づいてはいた幻影召喚の特性。

それを今、はっきりとさせた。

普段は不便に思っていたこの特性を、今回は逆手に取る。

幻影に向かって、手をかざす。

「魔力は互角だから、詠唱した方がいい」

「だな――アメリア・エミリア・クラウディア」

俺は頷きつつ詠唱して、手を幻影にかざす。

「ハイ・ファミリア――アメリア！」

魔法をかけた瞬間、幻影の姿が光に包まれて変わっていく。

使い魔契約の魔法、その上位版となる、俺のオリジナル魔法。

自分のイメージ通りに使い魔を進化させる事が出来る魔法を、記憶の中に克明に残っている姿をイメージして発動させた。

幻影は、憧れの歌姫・アメリアの見た目に変化した。

「どう？」

「完璧だ、声もそっくり」

「そうなのか」

自分では分からないのか、幻影・アメリアは自分の手を見つめる。

「魔法はどうだ？」

「アイテムボックス――出た」

幻影・アメリアはアイテムボックスを唱えて、問題なくそれを出した。

「すごいな、これ」

「最終チェック、行くぞ」

もう一度消す。

そして幻影を召喚。

俺の姿で召喚された幻影を見て、「いける」と確信する。

そして、もう一度ハイ・ファミリアをかける。

再びアメリアの姿になった幻影に、

「じゃあ、頼むぞ」

「うん——ええ、任せて」

幻影は女性になりきった。

俺がここにいて、幻影はアメリアの姿で、俺の魔法をそのまま使える。

これなら、バレずに幻影でアイジーに水を運べるぞ。

.85

アメリアに化けた俺の幻影をこっそり送り出した。

アナザーワールドの中から、幻影はテレポートで別の場所に飛んだ。

その別の場所から、アイジーを徒歩で目指す事になる。

一方で、残った俺はアリバイ作りのため、アナザーワールドから出て、街の中に降り立った。

今回の件——水がブルーノの手に渡るまで、俺はここで、人前で目立つ行動をしなきゃいけない。

何をしようか、と思いながら歩いた。

「りあむさま、りあむさま」

「いまひま？　ひまならあそぼ？」

そこに、みょんみょん飛び跳ねる、二体のスライムが現われた。

スラルンと、スラポン。

若干舌足らずな喋り方をする二体は、可愛らしい子犬のように俺のそばにまとわりついてきた。

それは、いいんだが。

「お前ら……体が汚れてるな」

「からだが」

「よごれてる？」

スラルンとスラポンは飛び跳ねるのをやめて、地面に降り立った状態で互いを見た。

スライムのぷるんぷるんとした体が、泥で汚れていた。

「ほんとうだ、よごれてる」

「いまきれいにする」

そう言った直後、スラルンとスラポンの体が『反転』した。

体の内部が広がって、表面を飲み込んだ。

まるでねんどの様に、表面についた泥を飲み込んで、体の中でその泥を溶かした。

あっという間に、綺麗なスライムの体にもどる。

「りあむさま、りあむさま」

「きれいきれい？」

「ああ、綺麗になった」

スラルンとスラポンを撫でてやると、二体は『ファミリア』で契約した後に出来た顔でものすごく嬉しそうな表情をしながら、体を文字通り「ぷるんぷるん」と震わせた。

一方で、俺はまわりを見回した。

ちょっと雨が降ったんだろうか、街中の道は至る所に水たまりが出来ていて、ぬかるんでいる。

こんな状態で飛び跳ねていたら、そりゃ泥だらけにもなるな。

「……」

「りあむさま、りあむさま」

「かんがえごと？」

「うん？　ああ……道がこのままぬかるんでいたらよくないなと思ってな」

今はそうじゃないが、容易に想像がつく。

馬車とかだと、ぬかるんだ地面で車輪がぬかるみにはまってやっかいな事になるのが、容易に想像がついた。

『道でも舗装するか？』

「道の舗装ってどうやってするんだ？」

『簡単なのは敷石舗装だな』

ラードーンは俺の質問に答えた。

「敷石舗装」

『大雑把にいって、道を溝状に掘って、そこに砕いた石を敷き詰めて、ならしていったものだ』

「なるほど」

『ちなみに、舗装は厚ければ厚いほどいい』

「他には？」

『ふむ。レンガを敷き詰めたり』

「レンガか」

『特殊な土を熱して溶かしたのを、流し込んで固めるとかだな』

「特殊な土？」

『人間どもは『燃える土』と呼んでいたな』

「へえ……」

ラードーンから色々聞いて、俺は頭の中で、道路の作り方をまとめ上げていく。

☆

俺の命令を受けたギガース達が、一人また一人と、岩を運んできた。

どれもこれも、二メートルくらいの大男よりも更に一回りでっかい岩だ。

俺が行けば簡単に調達出来るんだけど、今回はいなくなるのは出来ないから、テレポートは使えない。

だから代わりに、ギガース達に集めてきてもらった。

ギガース達に岩を担がせたまま、ガイが俺に聞いてきた。

「これでよいでござるか主」

「ああ、バッチリだ。それをみんなで砕いて一カ所にまとめておいてくれ。大きさはその辺の砂利くらいだ」

「心得たでござる。よしみんな、もう一働きでござる」

ガイの号令で、ギガースは一斉に岩を砕き始めた。

一方で、俺は道路を掘るために、ノームを複数体召喚した。

そのノームに命令して、あらかじめ通行禁止にしておいた道路を掘らせる。

土の精霊ノームにとって、土の地面を綺麗に掘り起こすなんてお手の物だ。

あっという間に、道路にする予定のそこに、道路の幅で、一メートルくらいの深い溝が掘り出された。

「よし」

『ふふ……』

「ん？　どうした」

『こう掘ったということは、一メートルの厚さで舗装するということだな』

「ああ、そうだけど？」

それがどうしたんだろう。

『一メートル級の厚さなど、ジャミールの都の凱旋通りくらいのものだろう』

「凱旋通り?」

『文字通り、戦争に勝った軍が凱旋し、王都で王宮まで行進するための大通りだ』

「ああ……ああいう……」

実際の凱旋通りは知らないが、軍が勝ってパレードをする大通りは知っている。

うん、ああいうのは、かなりちゃんと舗装されている道だ。

『それをさらりと作ろうとする事が面白かったのだ。みろ、お前を監視してる役人の顔を』

ラードーンに言われて、彼女の『意識』が示した方角を見た。

そこには俺を監視するために来ていたジャミールの役人の姿があった。

役人は驚き、「まさか」って顔をしている。

「主、これで良いでござるか」

ガイが俺を呼んだ。

ギガース達が砕いて、積み上げた砂利の山を見た。

「うん、良い感じだ。これを俺が掘ったそこに詰めてくれ。ちょっと盛り上がるくらい、多めにな」

「分かったでござる」

ギガース達は命令通り、溝に砂利を敷き詰めていく。

力自慢のギガース達によって、あっという間に砂利が敷き詰められていく。

こんもり、盛り上がった砂利。

「サラマンダー」

俺は火の精霊を呼び出した。

ギガース達が敷き詰めた砂利を、火の精霊で溶かしていく。

こんもり盛り上がった砂利は、溶かされて溶岩になり――隙間を埋めて平らになった。

溶かされた溶岩がやがて冷えて――そこに石の道が出来上がった。

「「「おおおお!!」」」

ギガース達は感嘆の声を上げた。

『なるほど、こう来たか』

ラードーンも称賛のニュアンスを含んだ声色で言った。

砂利舗装と、『燃える土』。

ラードーンから聞いた二つを組み合わせた、オリジナルの舗装は――上手く行きそうだ。

振り向けば、役人はぽかーんと、あごが外れそうなくらい驚いていた。

.86

街の中を一通り石の道に作り替えたあと、街の外にもそれを延ばすことにした。

むしろ、こっちの方が大事だと思った。

『どうした、やけに真剣ではないか。街の道を敷設している時よりよっぽど』

気になったらしいラードーンが聞いてきた。

まわりに別の人間がいない時、ラードーンは前以上の頻度で話しかけてくるようになった。

彼女が少女の姿で俺の前に姿を見せるようになってから、明らかに頻度が上がったように感じる。

「街道の方が大事だからな」

『ほう?』

ラードーンの返事の語気に、称賛が混ざっていた。

『貴族の五男がそのような勉強をしていたとはな』

「むかし――」

俺は「住んでいた」という言葉を飲み込んで、代わりに、

「――立ち寄った村でこんな事があったんだ。その村に定期的に訪れる行商人がいた。だがある日、いつもの予定をすぎても行商人は現われなかった」

『人語を解する狼にでも襲われたか?』

「そんな大層な話じゃない。村から半日くらい行ったところで、行商人の荷馬車が道に出来た穴にはまってたんだ」

『ふむ』

若干「つまらない」って感じで返事をしてくるラードーン。

「その時は村人総出で、その行商人の荷馬車を穴から救出した。もうちょっと場所がわるかったら、荷物どころか馬車ごと諦めるハメになってたらしい」

『人間とは不便なものだ』

「だから、街の道路も重要だが、他の街、他の国とを結ぶ道路の方が大事だと思ったんだ」

『うむ。それは正しい』

ラードーンに褒められながら、俺は石の道を延ばしていく。

ノーム召喚できっちり深く掘って、ギガースやノーブル・バンパイア達、更に動員させた住人達に、岩を割ったり運んでもらったりして、掘ったところを埋めていく。

一通り埋めると、今度はサラマンダーで溶かして、平らにならして冷ます。

それを延々と続ける。

作りながら、その都度石の道を踏みしめる。

この石の道なら穴が出来る事はないだろう。

よほど意図的に破壊されでもしない限り、はまるほどの大穴にはならない。

それをはっきりと確信したから、俺は更に道路の舗装に集中した。

途中から、これのきっかけはジャミールに対してのアリバイ作りだという事も忘れて、道を舗装し続けていた。

早朝から始まったそれが、昼くらいになると——懐いているスライム二体がそばにやってきた。

「りあむさま、りあむさま」

「きゅうけい、しよ」

みょんみょん飛んできた二体は、頭に器用に、バスケットと水筒をそれぞれ乗せていた。

それを乗せて跳ね回ってもちっともおちるそぶりはない。ちょっと面白い。

「どうしたんだそれは」

「じょでぃがつくった」

「りあむさまのおべんとう」

「へえ」

ジョディが作った弁当か。

それだけで美味しそうだった。

俺はお言葉に甘えて、一休みしようと手を伸ばしかけた——その時。

びくっと手が止った。

手を差し出したまま、スラルンとスラポンをじっと見つめる。

「りあむさま?」

「おなかすいてないの?」

二体の愛らしい顔の表情が変わった。

体に直接顔があるというスライムの姿だが、一目で『首をかしげている』と分かる、そんな表情。

俺は更にそんな二体を見つめた。

「……そうか、このままじゃダメだった」

『ふむ? どういうことだ?』

「スラルン、スラポン。後で食べる、そのまま持ってて」

「分かった」

「すらぽんここでまってる」

二体を待たせて、俺は一度引き返した。

舗装を終わらせて、完成した石の道を見つめる。

踏みしめて、観察する。

「やっぱりか……まあそうだよな」

『いったいどうしたというのだ？』

「このままじゃダメなんだって今気づいた。スラルンとスラポンのおかげで」

『どういう事だ？』

「実物を見てもらった方が早い」

『……ふむ』

ラードーンがひとまずそれに納得してくれた。

俺はサラマンダーとノームを召喚した。

まず、サラマンダーで舗装したばかりの道路、その表面を一〇センチくらい溶かす。

そして、ノームに命じて、形を整えてもらう。

「……よし。次は……アイテムボックス」

今度はアイテムボックスを呼び出して、適当に水を出した。

出した水を、道路にぶちまけた。

いま直したところと、直してないところ、両方だ。

「……よし」

『ほう、水はけか』

「そう、元々舗装をやり出したのはスラルンとスラポンが汚れてるからだっただろ？　道のあっちこっちがぬかるんでたから」

『うむ、そうだったな』

「それでスラルンとスラポンを見て思い出したんだ。道路の表面を真っ平らにしたけど、それじゃ水はけが悪い。道路って、人が普通に通る真ん中から少しずつすり減っていく。石だろうがそれは変わらないはずだ。真っ平らにすると、そのうち水がたまる」

『なるほど、それでこっちか――』

ラードーンの意識が、新しく舗装し直した部分に向けられた。

やり直したところにぶっかけた水は両脇にはけて、最初の真っ平らのところははけたりはけなかったりしている。

『素晴らしい発想だ』

ラードーンに褒められて、俺はとりあえず、舗装した分も水はけがよくなるようにやり直すことにした。

.87

「では、それがしどもはいったん街に戻るでござる」

夕方、そろそろまわりが見えなくなってくるくらい暗くなると、ギガースらを始め、舗装工事の手伝いをしてくれた者達を街に帰らせた。

「ああ、俺はこのままここにいる。何かあったらいつでも連絡をくれ」

「承知いたしたでござる」

魔物達はぞろぞろと引き上げていった。

それを見送ったあと、俺はまわりを見回した。

少し離れたところに数本の木があって、そこで一晩明かすことにした。

『大変だな、アリバイ作りをするというのも』

ラードーンは楽しげで、ややからかう感じで言ってきた。

「仕方ない、この一件が終わるまでの辛抱だ」

『それは良いが、我と話してて良いのか？　それを見られたらまずいのではないか』

「それなら大丈夫だ……多分。声が聞こえる程度の距離に魔力の気配はない」

『ほう』

ラードーンはやや感心した様子で、

『それも分かるようになったか』

「ちょっとだけな」

『相手が魔法を使えぬ輩かもしれんぞ』

「魔法を使えない人間の魔力のパターンも覚えた。こんがらがった毛糸の玉みたいな感じだ」

『ほう』

そうこう言っているうちに、野宿を予定した木々の間にやってきた。

俺はアイテムボックスを呼び出した。

適当な薪を取り出して、たき火を起こす。

そして別途用意した一本の縄を取り出して、木と木の間に、腰の高さで結んだ。

『なんだそれは』

「ベッド」

『何を言っている』

ラードーンはちょっと呆れた様な、そんな声色で更に聞き返してきた。

「そんな『何こいつ、とうとう頭おかしくなったか』みたいな言い方は傷つくからやめてくれ」

『そんな事を言い出せばそうもなる』

「別に変な事は言ってないって。ほら」

俺はそう言って、縄に『あがった』。

最初は尻を乗せ、その後に背中を乗せて寝そべって、最後に二本の足を器用に一本の縄の上に乗せた。

一本縄のハンモック、その上に寝そべった。

「むっ、くっ……よっと。意外と難しい」

『ほう……』

一変、ラードーンから伝わってくる感情が変わった。

呆れが完全に反転して、称賛になっただけじゃなく、魔力探知の時以上に満足げな感情が伝わってきた。

『我の訓練か』

「そういうこと」

俺は縄の上で、まだちょっとふらつきながらも、はっきりと頷いて答えた。

ラードーンの訓練。

アナザーワールドの中でやってくれたそれは、体の各所に、のぞむ割合で魔力を分配、維持すること。

その過程で、俺は一つ知った。

魔力を魔法ではなく、肉体にそのまま乗せると、物理的な力——あるいは重量とも言うべき物に変化する。

そこでこれだ。

一本縄の上に寝そべる、綱渡りの変形。

縄の上では、絶えずバランスを取っていなければならない。

俺は全身に魔力を分散させた上で、バランスを取って落ちないようにしている。

「ラードーンのあの訓練、あれってきっと、延々と続けた方がいいものなんだよな」

『うむ、基礎はやればやるほど魔力の使い方が上手くなっていく』

「よかった」

俺は少しほっとした。

確実にそうなんだろう、という確信めいたものはあったけど、ちょっとだけ、「でも違ってたらどうしよう」とも思っていた。

ラードーンから確認を取れて、ほっとした。

「ああいうのを、もっと続ける方法を考えてたんだ。で、思いついたのはこれ。これなら慣れてしまえば、寝てる間も魔力の鍛錬が出来る」

『よくそんな発想が出てくるな』

称賛半分、呆れ半分って感じでラードーンが言ってきた。

「魔法は憧れだから。この先どんな魔法に出会えるか分からないけど、基礎はやっておいて損はないはずだ」

『ふふ……』

笑うラードーン。

直接的な返事じゃないけど、俺の考えは正しいってお墨付きをもらった気分だ。

俺は縄の上で揺れた。

風に吹かれて揺れる度に落ちそうになる。

実際、落ちたこともある。

その都度魔力の配分を調整して体勢を立て直したり、起き上がって再び縄に乗ったりする。

ラードーンの訓練より、更に難しかった。

分配がより細かいだけじゃなくて、風という大自然の気まぐれなそれは完全に読めない。

ラードーンの指示はまだ、難しくても、『意図』は分かる。

風《自然》に意図はない、ただ吹いているだけ。

それがまったく読めなくて、その瞬間の調整で対応するしかなくて――逆に俺をレベルアップに誘った。

難しい対応、魔力の分配を細かくやっていくにつれ、魔力の使い方がドンドン上手くなっていくのを自分でも感じる。

『少しは余裕が出来たか？』

俺のなかにいるため、ラードーンは完全にお見通し、って感じのタイミングで聞いてきた。

「ああ、ちょっとな」

『魔力の扱いがまた少し上手くなったな』

「素直に褒められるのはちょっと意外だ」

『ふふっ……今なら分かるのではないか？』

「分かる？」

何をだ？

ラードーンがそういう時は、何もないって事はない。

俺は彼女の言葉を思い起こす。

やりとりを一つずつさかのぼって思い起こして、何かないかと探す。

一つ、引っかかった。

ラードーンがまともに答えなかったのが一つ。

魔力感知について俺が言った後、ラードーンは肯定も否定もしなかった。

これか？——そう思い、縄の上に寝そべったまま、魔力感知を広げる——すると。

「なっ」

『気づいたか』

「二つ、今までに分からなかったのが……これは？」

『今のレベルアップで気づけるようになったろう。片方は意図的に『絶っている』もの、もう片方は『自然と同化している』ものだ』

「な、なるほど……」

『大した連中じゃないから、このまま放っておいてもよかったのだが……ふふ、あっという間に気づくようになってしまった。やるではないか』

そう話すラードーンは、この日でもっとも、満足げな感じで話したのだった。

.88

次の日、道路の舗装を続けた。

舗装を続けながら、俺を監視している相手の居場所の把握を続けた。

昨夜よりちょっと難しかった。

というのも、昼間の舗装中はギガースなど、街の住人も手伝いに来る。

魔力での感知は、声を聞き分けるのと似ている。

人数が多くなれば、それだけ聞き分けるのが難しくなる。

それでもやった。

舗装のための魔法を使いつつ、感知を続ける。

これも魔法の練習になると分かっているから、苦になるどころか、むしろ楽しかった。

そうやって、集団の中から目的のものを見つける、という練習を続けている内に、俺はある事が気になった。

「なんか違うな……なんだ？　この違いは」

『気づいたか』

「うん、みんなが来てくれたから、違いが分かるようになった」

『住む土地の違いだ』

「土地？」

『魔力というのはそのものが持つ、体からあふれ出る力』

「うん」

『当然、産まれた土地、住む土地、普段の食べ物や水などで細かな違いが波長の違いになって現われる』

「なるほど、そういうこともあるのか」

そのことをラードーンから教わって、それを前提に更に探ると。

「三カ国全部来てるのか、これは？」

『見事。その通りだ』

ラードーンは満足げに答え合わせに付き合ってくれた。

はっきりと違うタイプの波長が三種類あったのでそう推測したが、当たっていたみたいだ。

つまり、ジャミールだけじゃなくて、パルタとキスタドールからも監視が来ているのか。

「こんなに堂々といるなんてな」

『お前が分かる事を知らぬのだ。力は抑止力だが、見えない力はそうはならない』

「力は抑止力……」

『軍――兵の数がまさにそれだな。一億人の兵がいる国へ攻め込みたいと思うか？』

「絶対にやだね」

俺は苦笑いして答えた。

極論だってのは分かるが、そのおかげでラードーンの言いたい事がより分かった。

俺は少し考えて、近くにいる人狼の子を呼び止めて、街に戻ってスカーレットを呼んできてもらった。

スカーレットはすぐにやってきた。

「お呼びですか、主」

「うん、ちょっと聞きたいことがあって。ジャミール、パルタ、キスタドールの三国の戦力というか、兵力を知ってるか？」

「ジャミールについては細かく。パルタやキスタドールは概要程度なら分かります」

「うん、概要で大丈夫。もしも攻めてくるってなった場合、それぞれどれくらいの兵を動かせるものなんだ？」

俺を監視している奴らは今でもいる。

こういう形で監視しているって事は、今でも敵意の方が高いって事だと思う。

そういえば『敵』となる相手の戦力をちゃんと把握していなかったな、と思い出したのだ。

「三カ国がそれぞれ牽制しあっている状況ではありますので、足を引っ張り合う場合、ジャミールとパルタはそれぞれ二万、キスタドールは五万程度かと」

「引っ張らない場合は？」

「一斉になだれ込んで、『約束の地』を早いもので分割しようとした場合、ジャミールとパルタは倍、キスタドールはその性質上常に本気なので、五万から大きくは増えないかと」

「……守るだけでも、一〇万の兵と戦わなきゃならないのか」

「そうなります」

「うーん」

ちょっと予想外の数字だった。

「主のお力なら大丈夫かと」

「相手は一〇万だ」

俺は苦笑いした。

「さすがに一人じゃきつい。そもそもこっちは非戦闘員をいれても一万程度。新しい魔導戦鎧があってもなあ」

『戦闘員全員に、本来の魔導戦鎧を配れれば足りるのだがな』

ラードーンの言葉に、俺は苦笑いした。

それが出来ないから、俺は新しい魔導戦鎧を作ったんだ。

俺一人で、お手軽に作れるとはいっても、純粋に戦力として見れば、やはりオリジナルの魔導戦鎧の方が強い。

ハイ・ミスリル銀というのはそれほど強力な金属だ。

「今まで通り、銀貨とか援助とか。そういうのでやるしかないか」

「外交、政治の事でしたらお任せ下さい」

スカーレットは静かに、しかし決然とした眼差しでいう。

「主のお役に立たせて下さい」

「ああ、頼むよ」

「はい!!」

スカーレットは嬉しそうに頷いた。

話はそこで終わって、俺は再び魔力感知しつつ、道路舗装に戻る。

特に魔力感知に力を入れた。

その結果、三種類のはっきりと違う魔力の波長を見分けられた。

つまり三カ国全部から送られてきているわけだが——それだけじゃない可能性もある。

『約束の地』に隣接しているのはジャミール、パルタ、キスタドールの三カ国だが、この大陸には他にも国がある。

そこから何者かが送り込まれてきていてもおかしくはない話だ。

それがいたら見つけるために、さっきよりも、より魔力感知に専念した。

『ふふ……聡いな』

「……あれ?」

「どうしたのですか主」

「この魔力は……」

『なにかつかんだのか?』

「……スカーレット、それとみんな、離れてくれ」

いきなりの事で、狐につままれたような顔をするスカーレット。

それでも彼女は従順に、他の魔物と同じように俺から離れた。

「ノーム」

俺はノームを召喚した。

まとめて、一〇体。

土の精霊が大量に現われた。

「ここから真下に掘ってくれ」

ノーム達は命令を受けて、一斉に掘り始めた。

土の精霊だけあって、まったく難なく、スムーズに真下に掘っていった。

道路舗装の時と違って、とにかく真下に。

まるで井戸を掘る様な感じで、真下に掘っていった。

「やっぱり……」

ノーム達が掘り進めていくごとに——間の土が薄くなっていくごとに、よりはっきりと感じる様になる。

そして——。

『これは……ハイ・ミスリル銀!?』

驚くラードーン。

俺は穴に飛び込んだ。

数十メートルほど落下して、魔法で止る。

そして穴の中で石を拾いあげて、マジマジと見つめる。

「やっぱり……ハイ・ミスリル銀の魔力だった」

『覚えてたのか』

「ああ、しかもこれ……かなりの量だぞ」

ギガース達が仲間になって、その巣のあたりから集めてきた鉱石とは比べものにならないくらい、大量のハイ・ミスリル銀の鉱脈がここにあった。

「この量なら……」

『うむ、全員分の魔導戦鎧を作ってやれるな』

「……そこに精霊を融合させれば？」

『なるほど、更に強くなる。ふふ』

ラードーンは楽しげに笑う。

『兵力差がうまるぞ、これなら』

「いや、それだけじゃない」

俺はテレポートで地上に飛んだ。

「主！」

「スカーレット、この事実を広めて欲しい」

「事実？」

「我が国は、兵士全員に配ってもあまるほどの、ハイ・ミスリル銀の大鉱脈をみつけた、って」

「――っ、はい!!」

スカーレットの提案で始まった、銀貨での技術力のアピール、剛柔一体による干ばつへの支援。

それらの仕上げとして、純粋な戦力の補強となる、ハイ・ミスリル銀。

兵士の数ではなく、一部の人間しか知らない魔導戦鎧やその強化版でもない。

魔法を知っている者ならおそらくみんなある程度は知っている、戦略物資のハイ・ミスリル銀。

それの大鉱脈は、この国の『見せる』抑止力――一億人と同じ性質の力になるものだった。

.89

俺はハイ・ミスリル銀の採掘を始めた。

道路の舗装は石を敷き詰めるまでは引き続きやらせておいて、街から更に動員をかけて、鉱脈を採掘させた。

魔力の感知で探り当てたハイ・ミスリル銀の鉱脈はかなりのものだった。

「この分だと、魔導戦鎧数百――いえ数千は作れると思うわ」

サポートを頼んだレイナが、現状をひとまず整理した上で、俺に報告した。

「ちょっとだけふいてみたけど、本当に戦闘員全員分作れそうだな」

「リアム様の精錬技術が高いのも影響してます」

レイナはそう言って、横を向いた。

いくつか採掘してきた鉱石で試しに作ってみた、ハイ・ミスリル銀のインゴット。

さんざんやって豆粒大のものしか取れなかった頃と比べれば天と地ほどの差がある。

「時間がかかるのだけが難点だな」

「リアム様でもですか？」

「体は一つしかないからな。それに、今こっちをやってるせいで、道路の舗装が止ってるだろ？」

「あっ……」

賢いエルフのリーダーはハッとした。

「すみません、私達がふがいないせいで。もっと、リアム様のおてつだいが出来ればいいのですけど」

「魔法の素質を持った子がそこそこいるんだろ？」

「はい。リアム様と使い魔契約を結んだ後は才能に目覚める者が結構いました。エルフに限らず、各種族に」

「ふむ」

「ですが、魔導書が……」

「だよなあ」

これぱかりはどうにもならない。

魔法を覚えるには、魔導書を長い間所持していなきゃならない。

普通、一つの魔法を覚えるまでに数十日から数ヶ月かかるもんだ。

その間、魔導書は実質持ち続けていないといけない。

俺が師匠から譲り受けたマジックペディアは三桁の魔法が入っている魔導書だが、それでは逆に、誰かに貸してしまうと非効率になる。

三桁を越える魔法を持つ魔導書を、誰か一人が独占してしまう。

現状、それはもったいないと言わざるを得ない。

「そうだ、リアム様」

「うん？」

「このハイ・ミスリル銀で、リアム様が魔導書を作ることは出来ませんか？」

「これで？　ああ、魔導書って言うか、古代の記憶だな」

「はい」

「出来なくは無い——いや、出来る」

俺は確信して、言い直して頷いた。

今までの経験から、『覚えている魔法を魔導書にする』というのは、新しい魔法を生み出すよりも簡単だと確信する。

「でしたら、このハイ・ミスリル銀を使えば」

「なるほど。今までそうしなかったのはハイ・ミスリル銀自体なかったからだし——いや待て」

俺はひらめいた。

頭の中にある事を思いついた。

「個別に作るんじゃなくて、あの地下祭壇みたいにすればいいんだ」

「地下祭壇、ですか？」

「ああ」

俺は頷き、ラードーンの地下祭壇の事を話した。

それ自体が一つの古代の記憶になっている、地下祭壇。

「なるほど！　でしたらそういう建物を作って、そこに鍛錬に行けばいいのですね」

「……いや、ちがうな」

「え？　何がですか？」

「……レイナ、お前はなにか魔法の素質はあるか？」

「はい、検査した結果、氷結魔法が少し」

「よし」

俺は精錬したばかりのハイ・ミスリル銀のインゴットを手に取って、レイナを連れて、テレポートで街に戻った。

「りあむさまだ」

「りあむさま、あそぼう？」

街中に飛ぶと、そこに丁度いたスラルンとスラポンがじゃれついてきた。

小動物的で可愛らしい二体のスライムを少し撫でてやってから、改めてレイナの方を向く。

「ちょっと待ってて」

「はい」

不思議そうに小首を傾げるレイナだが、俺の言うことならなんでも従う――と言わんばかりに頷いて、すんなり受け入れた。

俺は両手をかざした。

まずはサラマンダーを二体召喚して、溶かす。

持ってきたハイ・ミスリル銀と地面――舗装した道路を。

道路を溶かして、表面を剥がす。

剥がしたそこに、同じように溶かしたハイ・ミスリル銀を金箔くらいに薄くのばして、敷き詰めていく。

そして、ハイ・ミスリル銀に魔法をかける。

魔導書。

マジックペディア。

地下祭壇。

様々な物体に、空間。

今まで接してきた魔導書の『種類』の多さが、俺に古代の記憶の理解を深めさせた。

それを元に、ハイ・ミスリル銀を古代の記憶に作り替えた。

そしてその上に、一度剥がした舗装を元に戻す。

見た目は、元の道路に戻った。

「……よし。レイナ」

「は、はい」

「そこに立ってみて」

「分かりました」

何が起きるんだろう、と若干不思議そうな表情をしながらも、やっぱり俺の言うとおりに従ってくれたレイナ。

舗装し直した道路の上に立つ。

「なんか感じるか？」

「……はい！　アイスニードル、ですか？」

「そうだ」

俺は深く頷いた。

道路の下に埋め込んだハイ・ミスリル銀、古代の記憶。

それに、レイナに素質があるかもしれない、氷結系の初級魔法、アイスニードルを込めた。

その上に舗装を被せたが、地続きだからよかったのか、その上に立っているだけで、レイナは魔導書を持っているのと同等の効果が得られた。

「成功だな」

「どうしてこんな風に？」

「建物を作るよりも、こうして、街全体の道路に張り巡らせた方が、誰でも魔法を覚えられるだろ？」

「なるほどそういうことだったのですね。すごいですリアム様！」

瞳を輝かせるレイナ。

改良のために、街の中の道路を再舗装しなきゃな。

.90

「準備、出来ました」

「よし、やれ」

俺がいうと、十数メートル離れた先にいる、一〇人くらいのエルフ達が一斉に頷いた。

彼女達は街の中にいて、俺はギリギリ街の外にいる。

そんな彼女達は手をかざしながら、

「「ファイヤボール」」

と、一斉に唱えた。

すると、人数分の火の玉がこっちに飛んできた。

「おお」

俺は感心する声を上げながら、アブソリュート・マジック・シールドを一一《素数》枚分張って、ファイヤボールを次々に打ち消した。

「こっちでも出来ました」

今度は、人狼の子が言った。

そっちはさっきよりちょっと少ない、一〇人未満の集団で、一人だけノーブル・バンパイアが混じっていた。

俺が頷くと、今度は、

「「「アイスニードル」」」

と唱えて、氷の槍を街の中から撃ってきた。

まるで外敵に抵抗するかのように飛んできた氷の槍。

これもまた、素数の都合上ちょっと余分にアブソリュート・マジック・シールドを張って、全部防ぐ。

「りさあさまりあむさま」

「いつでもいいぞ」

最後はスライムのスラルン一体だけで、

「さいくろん」

と唱えて、俺のまわりに竜巻が起きた。

中級魔法のサイクロンを、やっぱりアブソリュート・マジック・シールドで防ぐ。

「す、すごい……」

俺が迎撃を防いでいる間、エルフのレイナは俺の後ろで全てを見ていて、それで絶句していた。

「みんなが魔法を使えてる……」

「道路の下に全部、ハイ・ミスリル銀で作った古代の記憶を敷設した。これで、この街にいる限り、常に魔導書を持っているも同然になる」

「すごいですリアム様。常に魔導書がある状態なら、続ける根性がないものでも、いざという時は防衛の戦力になりますね」

「そうなるな」

膨大な量のハイ・ミスリル銀によって、この街そのものを魔導書化することに成功した。

「まあ、それだけじゃないけどな」

「どういうことですか？」

レイナは小首を傾げて聞き返してきた。

「多分そろそろだな、ついて来て」

「はい」

レイナを連れて、街の中に入った。

エルフや人狼、ノーブル・バンパイアなど、魔法を使えてハイテンションになった街の住民達から熱烈な歓迎を受けながら少し歩いて、道路のど真ん中で止った。

「レイナ」

「はい」

「テレフォン、という魔法を使ってみて」

「テレフォン……ですか？　あっ」

ハッとするレイナ。

魔導書を手にしたものは、魔法の名前を知っていて、かつ素質があればその使い方が分かる。

「これ、リアム様が使ってたテレパシーと似てます?」

「ああ。確か古い言葉で『テレ』が遠い、『フォン』が音って意味、『パシー』が感情だったかな? だからテレパシーは心の声を遠くへ、テレフォンは普通の声を遠くへ、って効果の魔法」

「なるほど。それも私に素質があったんですね。あれ? でもなんであるって分かったんですか?」

レイナがそこに気づいた。

俺が彼女を連れて来て、やってみてと確信している風に言った。

魔法には素質があって、素質がないものは魔導書を持っていても使えない。

なのに、俺が最初から確信している事に引っかかったんだ。

「素質があるように作ったから」

「素質があるように?」

「テレフォンを使うための素質、それは俺と使い魔契約してること」

「あっ……」

ハッとするレイナ。

「ってことは……ここにいるみんな?」

「そういうことだ」

そう、この街に住んでいる者達はみんな、俺とファミリアで使い魔契約をしているから使える。

そういう風に作った魔法だ。

「使ってみろ」

「はい……」

レイナは目を閉じて、意識を集中させた。

俺は待った。

最初に魔法を使う時に時間がかかるのは、俺が誰よりもよく知っている。

だから、じっと待ち続けた。

待つ事、およそ一〇分。

俺の使い魔、という事が重要にしてほぼ唯一の条件のテレフォンは、使い魔であれば簡単に発動する。

最初でも、一〇分で足りた。

「えっと……聞こえる？　ナターシャ」

『ええ？　この声はレイナさん？　どこにいるんですか？』

「あっ、本当に聞こえた」

何もないところから聞こえてくるもう一人のエルフ、ナターシャの声。

レイナはそのナターシャと会話をした。

会話の内容から、ナターシャが街の反対側にいると分かった。

それで会話が出来る事にナターシャは驚いていたし、レイナは、

「リアム様が発明した魔法なの」

って感じで、自分の事のように自慢していた。

しばらくしてテストの会話が終わると、レイナはテレフォンの魔法をきって、こっちに向き直った。

「すごいですリアム様！　この魔法なら、みんなとの連絡がもっと取りやすくなります！」

「ああ」

「それに、他の魔法も――」

レイナはそう言って、今自分が立っている場所。

古代の記憶の道路を見下ろした。

「こんなすごい街を作ってしまうなんて、やっぱりリアム様はすごいです。こんな街なんて他のどこにもない――魔法都市ですよ！」

「魔法都市……それはかっこいいな」

レイナが放ったその言葉、魔法都市。

『魔法』が頭についているからか、俺はその響きに思いっきりワクワクしたのだった。

若旦那と老執事

貴族の屋敷、その執務室。

若いブルーノが執務机で、羽ペンを使って、頭を振り絞って貴族らしい文面の手紙を書いていた。

今後の家の行く末に大きく関わってくる一通の手紙。

相手を気持ちよくさせつつ、メリットを理解してもらう。

その上で協力を要求しているが、手紙自体が第三者の手に落ちた時の事も考えて、証拠になり得ない様に遠回しに匂わせるだけ。

更にそれを、貴族の言葉使いで固める。

繊細な工芸品にも匹敵するくらいの手紙、その文面。

半日ほどうーんうーんとうなり続けた末、ようやくそれが出来上がろうとしていた。

そこに、ドアがノックされた。

顔も上げずに応じると、ドアが開いて、初老の紳士が執務室に入ってきた。

男はこの家の執事で、丁稚《でっち》時代を含めたらこの家に三代に亘って仕えてきた男だ。

いわば元老。

それ故に、外から嫁いで来たブルーノの事を、どこか見下している節がある。

「ハドラーか。どうした、何かあったのか？」

それをブルーノは理解しているが、おくびにも出さずに来意を聞いた。

「ご当主様に申し上げます」

「ん？」

「あの様な素性も分からぬ魔物の国に、これ以上入れ込むことはお控えいただきたい」

「あの国って、リアム王のことか」

「さよう」

たとえ相手が自分の家の執事であろうとも、ブルーノは言質にも証拠にもされないように、ちゃんと敬意を込めて『リアム王』と発音した。

一方の執事は明らかに侮蔑を剥き出しにしている。

「当家はこれでも由緒正しい家。それを魔物などと交渉まがいの事をしていたとあっては、当家の『格』が落ちてしまいます」

「格、か。話は分かった」

「では――」

「だが断る」

「――正気でございますか、ご当主様」

「正気も正気だ」

ブルーノは羽ペンを置いて、吐きかけたため息をぐっと飲み込みながら、更に口を開く。

「リアム王の国は、これからもっともっと発展していく。覇権さえ取れるかもしれない。そのリアム王とのつながりをみすみす捨てる訳にはいかない」

「覇権?」

執事はまさしく鼻で笑う、そんな反応を示した。

「たかが魔物の集まり、しかも子供が長になっている烏合《うごう》の衆がそうなると申されるのですか？」

「ああ」

ブルーノははっきりと、即答で頷いた。

それを聞いた執事は首を振った。やれやれって感じでため息までついた。

「話になりませんな。ご当主様と血を分けたご兄弟、故に高く評価したい気持ちは分かるのですが。

いくら何でもそれは」

「……」

ブルーノは言い返さなかった。

そんな事をしてる暇なんてない、というのが正直な所だ。

リアムの国はこの先も大きくなる。

ともすれば周囲を囲む三つの国を飲み込んで、覇権を握る可能性さえある。

何度もあの街に足を運び、実情を見てきたブルーノはそう確信している。

そして、この執事のように。

その事を理解している者は実に少ない。

それは、勝機である。

結果の分かっている博打にかけるようなものだと、ブルーノは思っている。

それほどまでにリアムの力は群を抜いている。

今やっている事が、桁外れにすごいと思っている。

他を出し抜いてより大きな利益を生み出すためには、執事ごときを説得するのに時間を使っている暇などない。

だが。

「どうしても聞き入れて下さらないのであれば、私にも考えがあります」

相手は三代に亘って仕えてきた元老だ。

当主とはいえ、外様の自分にはない力がある。

好き勝手にやらせると、面倒臭い程度ではすまない。

ブルーノは少し考えて、言った。

「今度、リアム王の所に行く時、お前もついてこい」

「どういう事でしょうか」

「実際に一度その目で見てみろ。見た事はないのだろう？」

「魔物の集まりなど、見ずとも分かろうというもの――」

「いいから来い。それともその程度の命令すら聞けないのか？　お前は」

「むむむ……」

ブルーノは当主の強権で落ち着かせるように言い放った。

さすがにそこは当主と執事。

実際の権力、力関係がどうであれ、仕事に行く時についてこい――という命令まではねのける訳にはいかない。

「……分かりました。どうせ見ても何も変わらないと思いますが」

「それならそれでいい――他に何か？」

「いいえ、ありません」

執事はぺこりと一礼して、執務室から立ち去った。

その姿を見て、ブルーノはため息をついた。

「まったく、そんな時間なんてないのに」

彼は再び、政治のための手紙を書き上げるために羽ペンを手に取った。

☆

「こ、これは……」

街の入り口で、ブルーノに同行してきた初老の執事は驚愕した。

目を大きく見開いて、口もだらしなくポカーンと開けている。

「こ、この建物の数々は……魔物の国ではなかったのですか？」

「森か洞窟でも想像していたか？」

「……」

唖然とする執事。

無言なのが何よりの返事となった。

「見ての通り、ここは王都に勝るとも劣らないほどの街並みになっている。しかも」

「し、しかも？」

「そこの君、ちょっといいかな」

ブルーノは執事を置いて、通りすがりのギガースを呼び止めた。

人型だが巨躯の魔物は足を止めて、ブルーノの方を向いた。

「あんた……たしかリアム様の？」

「ああ。それよりもちょっと頼み事を出来ないか？　生活魔法をいくつか見せて欲しいんだが」

「魔法？　まあいいけど」

ブルーノがリアムの実の兄だと知っているギガースは、フレンドリーにブルーノの頼みを了承した。

そのまま手をかざして、むむむ——って感じで唸った後、魔法を使った。

「こ、これは……」

「ライトの魔法。攻撃力はなく、ただまわりを照らし出す光の魔法だ」

驚く執事に、ブルーノは説明する。

「ま、魔法？」

「この街の住民——魔物だけじゃないぞ？　人間もいるが、全員使える」

「え？」

「だから夜になってもこの街は昼間の様に明るい。まさに不夜城だ」

「ふ、不夜城……」

「それだけじゃない、他にもいろいろ生活に便利な魔法がある。なっ、そうだろ」

「そうだ。えっと……リアム様に連絡しとくか？」

「ああ、頼む」

ギガースは更に魔法を使った。

「リアム様、今いいか？」

『その声はリュウか、どうした』

「リアム様のお兄さんがきてる、どうする？」

『兄さんが？　じゃあこっちに案内してくれ』

どこからともなく聞こえてくる声に、執事はますます驚く。

「これも魔法だ。全員が使える、離れた場所の人間と言葉でやりとりが出来る魔法だ」

「……」

ますます、ますますますとポカーンとなってしまう執事。

「この街、いや、リアム王とその民達にはまだまだ様々な魔法がある。この街にいる限り、リアム王の下にいる限り使えるものだ」

「……本当、で、ございます、か？」

驚き過ぎて、片言チックになってしまう執事。

「見てれば分かる。この魔法都市、今ので驚いてたら体がもたないぞ」

「魔法……都市」

ますます絶句する執事を見て、ブルーノは満足げに頷いた。

これでもう、リアムと付き合っても意味がないなどとは言わなくなるだろう。

あれほど傲慢で頭の固かった執事を、一瞬にして驚かせて考え方を変えてしまう魔法都市。

そしてそれを造ったリアム。

（さすがだな）

ブルーノは密かに感心したのだった。

あとがき

人は小説を書く、小説が描くのは人。

皆様初めまして、あるいはお久しぶり?

台湾人ラノベ作家の三木なずなです。

この度は拙作『没落予定の貴族だけど、暇だったから魔法を極めてみた』を手に取って頂きありがとうございます。

第二巻でございます、皆様の応援のおかげで、第二巻を刊行することができました。商業小説は売上次第で続刊の可否が決まりますので、これを刊行できたのはひとえに皆様のおかげです、本当にありがとうございます。

さて、応援していただいたのならば答えないといけません。

商業の作品は奇をてらうことなく、応援してくれた読者が望んでいる物を書かなければ——というのが信条でございます。

というわけで、今回は第一巻と同じコンセプトでのお届けです。

貴族の五男に転生した男が魔法の才能を持っていて、魔法を大量に覚えて行く物語。

魔法を覚える、魔法を使う、魔法で成功して新しい魔法を獲得する——というエンドレスワルツです。

この話のコンセプトから外れることは決してありませんので、一巻をお求めいただいた皆様は安心して二巻も、ここから読んでちょっと気に入った方は是非一巻もご一緒にお手にとって頂ければ幸いです。

最後に謝辞です。

イラスト担当のかぼちゃ様、今回も素晴らしいイラストをありがとうございます！

二巻刊行という最高のチャンスを与えて下さった担当高倉様、ＴＯブックス様。本当に感謝の言葉もありません。

そして本作を手に取って下さった皆様に、心より御礼申し上げます。

これも売れてまた次巻をお届け出来るように祈りつつ、筆を置かせていただきます。

二〇二〇年四月某日　　なずな　拝

使い魔契約 アスナ

私なんか可愛くなってる!?
あっ もともと可愛いけどね！
こころなしかスタイルも良くなった気が…
あっ もとからスタイル抜群だけどね！
ラブレターいっぱいもらっちゃった♡
嫉妬《しっと》してもいいのよ？
ちらっ
ちらっ
よかったなー
嫉妬しろ
ペカー

使い魔契約 ジョディ

あらあらあら
私なんだか若返ったみたい
お肌が水を弾いている!!
モチモチしてハリも出てきたわ!! うれしい
シミに小ジワ腰痛に四十肩足のむくみ睡眠時無呼吸症候群まで治ってるわ!!!
サイコーね
はっ!
カァァ
あわわわ……
あ…あのジョディお姉さま……生々しすぎて……あの…

小説2巻
発売おめでとう
ございます!!

コミカライズ担当の秋咲りおです。
原作小説におまけマンガでおじゃま
させていただくことに!
ありがとうございます
コミカライズでは、ようやくヒロインが
登場するかどうかのところを描いてます。
はやく女の子
描きたいーっ

秋咲りお

キレイになる魔法

没落予定の貴族だけど、暇だったから魔法を極めてみた2

漫画：秋咲りお
原作：三木なずな
キャラクター原案：かぼちゃ

コンコン
あ
あのぉ……
キィ
リアムか
なんだ
その
魔導書のこと
なんですけど
書庫にある魔導書って
持ち出しても
いいんですか？
カリ
カリ
カリ
カリ
勝手にしろ
あっ
はい
ありがとう
ございます
カリ
カリ
カリ
カリ

チラッ
他に何かあるのか？
いえ それだけです
カリ
カリ
カリ
カリ
カリ
だったら下がれ
私は忙しい
カリ
カリ
カリ
カリ
カリ
カリ
わ わかりました
ひぇっ
バタン
ブルーノの気持ちがちょっとわかるな

この辺かな
ザク
ザク
いやしかし驚いた
どこまでハミルトン家の物?
見えている所すべてでございます
うへえ～～
お貴族様ってやっぱりすごいんだな
平民になれば領地どころかこの屋敷さえ国に召し上げられるんじゃ
必死にもなるわな

バッ
グッ
集中
呼吸
イメージ!!
1分経過
2分経過
3分経過

でっ出た……
これが炎の刃《フレイムカッター》か
ポスン
パサ
なるほど
魔導書を持ったままだと覚えていない魔法を使える
けれど使えるまで時間がかかるし魔導書を持っていない時は使えない
つまり魔導書はガイドブックになっていて知らない魔法をサポートしてくれるんだな
毎日こなせば徐々に発動間隔が短くなる
最終的には魔導書なしでも発動できるように身につく——か

憧れの魔法が
この手にある
しかも
貴族の俺は
働く必要もない
これをやらない
手はあるか？
ないだろ
なんせ時間は
たっぷりあるからな
グッ
1ヶ月後——
いたいた
こんなところで
遊んでたのか
ザッ
ブルーノ兄さん
魔法の練習を
してるんだってな
うん
で
どこまで
覚えたんだよ
やってみろよ

うん
そうだね……
コト
集中
呼吸
イメージ
グググ
フレイムカッター!!
ボウ
……え？
ま…魔導書なしで……魔法を使える!?

ばっ…ばかな
魔法を完全に覚えるには普通1年はかかるはず……
わずか1カ月で覚えたというのか……？
どうやったらそんな短い期間で覚えられた!!
どうやったらって……
普通に毎日魔導書どおりにやっただけだけど
それを貸せ!!
う…うん
この魔導書がすごいのか？
いやあり得る
うちは『最古の貴族』
書庫にとんでもねえ代物が眠ってたとしてもおかしくねえ
バッ
フヌヌヌ
ヨロ
お前
そんなに頑張ってよ
当主にでもなりてえのか？

なんで？
オヤジと一緒でしゃかりきになってるからよ
ほら
貴族って年いったら家督を譲るのが常識だろ？
へぇ〜〜〜
ったく知らねーのか
貴族の家督ってよ死んだあとに移すとごたつくんだよ
それよりか生きるうちに譲ったほうが混乱しないのさ
だがよ うちはオヤジが譲った瞬間四代目になって
貴族返上庶民転落だ
あー…
オヤジは譲ったあとも遊んで暮らしたいから必死なんだよ
なるほど
だからあんなに——
ああ〜〜もう!!
こんなめんどいことやってられるか
ほらよ
うわっ
ボスン
じゃあな!
ははは… 10分も経ってないよ

『初級火炎魔法』の魔法は全部覚えた!!
次は――『初級氷結魔法』だ
火炎魔法は百人にひとりの割合で使える
しかし氷結魔法は温度を上げるよりも下げるほうが難しい
ゆえに千人にひとり――
ふむふむ
確かに魔法を使わず火をおこすのは簡単だけど
氷を作るのは無理だよな
冬を待つしかない
ぺらっ
憧れの魔法
しかも難しい氷結魔法
うず
うず
う〜〜〜〜っ
使ってみたいっ!!

うおぉ～
がまんできねぇ!!
なになに
魔導書に直接魔法をかけろ?
そうすると魔導書のサポートを得られやすいのか
ん?
でも魔導書凍っちゃわない?
えっと
魔導書はマテリアルコーディングされているから本が傷んだりしない――
じゃあ平気だな
ググ
やってみるぞ!!
ボッ
うわぁ
あわわ
あわわ
バン
バン

誰だ
こんなところで火を使っているのは
びくっ
リアムか
父上!!
廊下で火を使うな
……それは魔導書か?
あせ
あせ
はい
初級氷結魔法……
うん?
今のは火ではなかったか?
はい
すみません
氷結は難しくて火炎魔法が出てしまいました
おず
おず
そうか……
なんだと!?

魔導書がなくても使えるということは
火炎魔法はマスターしたんだな？
ガッ
はい
あ――
初めて…目が合った……
……氷結魔法はもう覚えたのか？
いいえ
今日から始めるところです
バサッ
私の前でやってみせろ
コト

ちょこん
たじ……
じーーっ
氷結魔法――
火炎が力を込めるなら
氷結は力を抜けば
いいのか?
――いや違う
氷結魔法も思いっきり
力を込めるんだな!
呼吸法
力の込め方
それが体の中を
流れるイメージ
わかった
問題ない
魔導書どおりに
実行すれば
いいだけだ
キリッ

ピキッ
ピキ
なんと!!
…凍っている
天は私に味方した!!
ワハハハハ
リアムよ
もっと魔導書を集めてやろう
欲しいと思った魔導書があれば遠慮なく私に言え
おめでとうございます
うむ!
スッ
父上のあんな顔…初めて見た
さあもっとやってみせろ

コンコン
旦那様
例の男が……
ボソ
なに!?
私の領地に!?
?
ザッ
ザッ
父上がなんでも魔導書を集めてやるって言ってたけど
魔法はそんな簡単じゃないんだよな
ひとつひとつ地道に練習を積み重ねるのが大事なんだ
この調子で初級氷結魔法もマスターす……
!?
ザク
……だれ!?

その恰好……
ハミルトンの息子…か
え？ ああ うん
リアム・ハミルトン っていう――
ドジったな俺も
まぁ これも運命 さあ好きにしろ
えっと…… 何を？
俺を捕まえに きたんじゃ ないのか？
なんで？
くしゃ
俺も神経が尖り 過ぎてたな
気にしないでくれ
本当に動きを 掴まれてたら
こんな子供を 差し向けてくる はずがない――か

？
それより初級氷結魔法をマスターするんだ
集中
呼吸
もっと効率のいいやり方を知りたくないか？
効率のいいやり方？
なにも変な話をするわけじゃない
初級の魔法だろ？
なら繰り返して身に付けるのは変わらない
俺の言ってるのは——
こういうことだ!!
ガッ

こんなふうに同時に魔法を使うって話だ
5本の指それぞれに違う魔法が!?
その魔導書は俺も知ってる
アイスニードル
フローズン
コールドネイル――
で
お前いま
それを順にやろうとしてるだろ?
そうじゃなくて
全部をまとめてやれば
そのぶんの時間が
短縮できるって話だ
どや

!?
……どうすればできるんですか
おっ??
いいね いいね
君
貴族にありがちな無駄なプライドが染みついてないね
普通の貴族のお坊ちゃんなら
ここでプライドに邪魔されてお願いとかできないもんだ
えっと…
だって貴族じゃないから
まず確認だ
地面に図形を描いてみろ
右手で円 左手で四角 同時にだ
?
なんの意味が…
まあいい 描いてみよう
ガリ
ガリ
ガリ
ガリ

おっ上手い練習してたのか？
ううん
なら相性が抜群ってことだ
それができるなら小手先のテクニックはいらない
覚えている魔法を右手と左手でそれぞれ違うものを使ってみろ
よしっ
キッ
集中
右手でフレイムカッター

左手で
ファイヤーボール
呼吸
イメージ
ふたつの力を
同時に解き放つ!!

いけっ!!
オ

ゴオオ
ふ……ふふ

なるほど
こうするのか
面白い
実に面白ぃな
面白ぃ？
同時に違う
魔法を使うのは
百万人にひとりレベルの
「秘宝」とも呼べる
テクニックだということを
この時の俺は
まだ知らなかった

没落予定の貴族だけど、暇だったから魔法を極めてみた２

2020年　6月1日　第1刷発行
2024年12月5日　第2刷発行

著　者　三木なずな

発行者　本田武市

発行所　TOブックス
〒150-0002
東京都渋谷区渋谷三丁目1番1号　PMO渋谷Ⅱ　11階
TEL 0120-933-772（営業フリーダイヤル）
FAX 050-3156-0508

印刷・製本　中央精版印刷株式会社

ISBN978-4-86472-981-9